마인드 룰

마인디 지음

운명을 지배하는 단 하나의 법칙

마인드 룰
MIND RULE

❖❖❖

현실을 창조하는 마음의 힘이 깨어날 때
당신은 우주의 주인이자 행운의 신이 된다

가넷북스
Garnet Books

십여 년 전 사회적으로 크게 성공한 모 선배와 식사 자리를 가졌다. 성공 비법을 묻는 나에게 그 선배는 이렇게 답했다. "운칠기삼이라는 사자성어 알지? 근데 내가 여지껏 살아보니 운십기영이야. 한참 어린 후배에게 할 말은 아니다만 현실이란 게 그래. 성공 비법 같은 건 없어. 나는 그저 성공할 운명이었던 거야. 나보다 뛰어난 실력을 갖추고도 실패한 사람들은 모로 가도 실패할 운명이었을 뿐이고." 그 당시 노력 예찬론자였던 나는 막역한 후배한테까지 성공 비법을 숨기려는 선배가 얄미웠다. 일부러 팔자타령을 하며 실질적인 노하우를 감춘 뒤 풍요로운 삶을 독점하려는 것처럼 보였다. '이렇게 속 좁은 사람인 줄 알았더라면 입에 침이 마르도록 칭찬하고 다니지 않았을 텐데….' 마음속으로 몰래 투덜거렸다. 그럼에도 최소한의 예의는 차려야 할 것 같아 힘이 쭉 빠지는 조언에 수긍하는 척 고개를 끄덕였다. 그 선배는 계속 말을 이어나갔다. "과연 노력한다고 인생이 달라질까? 만약 열심히 노력해서 상황을 바꿀 수 있었다면 이렇게 많은 사람들이 불행하진 않았을 거야. 물론 나도 게으르게 살았던 건 아니야. 매사에 성실히 임했지. 그렇다고 남들보다 특별할 건 없었어. 정확히 뭐라고 표현해야 될지 모르겠는데 그냥 성공으로 빨려 들어가는 느낌이었어. 내가 원하든 원치 않든 말이야. 어떤 친구에게 이 말을 똑같이 했더니 자신은 실패로 빨려 들어가는 느낌이었다고 하더라. 최선을 다해봤자 아무런 소용이 없더래. 참 유능하고 멋진 친구였는데 여전히 힘들게 사는 걸 보면 정말 의아스러워. 아직도 모르겠어. 내가 왜 성공했는지, 그 친구가 왜 실패했는지. 혹시 그 비밀을 풀게 되면 연락 주렴." 실망감에 쐐기를 박는 선배의 부탁을 받아 들고 나는 집으로 돌아왔다.

그 후로 여덟, 아홉 해가 흘렀다. 짧지 않은 시간 동안 내 삶엔 도무지 이해하기 어려운 사건들이 연이어 벌어졌다. 학창시절 내내 알아주던 노력파였던 나는 어느새 극심한 우울증을 앓는 인생 낙오자가 되어있었다. 하루 종일 극단적인 생각에 사로잡혀 세상과 편히 작별할 방법만 찾아다녔다. 그 선배 말이 전적으로 옳았다. 인생은 운십 기영이었다. 노력은 아무런 힘이 없었다. 부지런히 원인을 제공해도 결과가 냉큼 도망쳐 버리면 상식적인 인과관계가 와르르 무너졌다. 투명한 물에 파란 잉크를 잔뜩 들이부어도 빨갛게 변하는 기분이었다. 목표했던 결과가 나를 간택해 주지 않는 이상 각고의 노력은 무의미했다. 그렇다고 무기력하게 지내던 시기에 인생이 술술 풀린 것도 아니었다. 나는 노력하든 말든 어차피 실패할 운명인 듯했다. 죽어라 노력해도 참담하게 실패했고, 아예 노력하지 않아도 참담하게 실패했다. 모로 가도 실패할 운명. 부정하고 싶었지만 엄연한 사실이었다. 내가 가진 모든 것들이 실패라는 거대한 블랙홀 속으로 빨려 들어가고 있었다. 아마도 다시는 빠져나오지 못할 것 같았다. 그 선배 친구가 그랬던 것처럼.

이미 예견된 나의 미래를 상상조차 하기 싫었다. 더 이상 살 가치는 없어 보였다. 실패할 운명이 나를 떠나지 않으니 내가 먼저 떠나기로 결심했다. 인간의 노력을 우습

게 만드는 세상에 미련 따위 남지 않았다. 놀라울 만큼 평온한 상태로 나름의 준비를 마무리했다. 어찌 된 영문인지 그로부터 한두 달간의 기억은 내 머릿속에서 지워졌다. 알 수 없는 강력한 힘에 이끌려 삶으로 되돌아온 뒤 마음공부에 미친 듯이 매진하게 됐으며 나를 기필코 살리고자 했던 누군가와 잠시 만났었다는 사실만 어렴풋이 기억난다. 원하든 원치 않든 나는 살 운명이었다. 단, 인생의 비밀을 풀어야 한다는 조건부였다. 내가 인생의 비밀에 무관심해지면 즉각 괴로워졌고, 도로 관심을 가지면 만사가 순조롭게 풀려나갔다. 온 우주가 작심한 듯 나로 하여금 인생의 비밀을 풀지 않고는 견디기 힘들게 만들었다. 실패할 운명에서 인생의 비밀을 풀어야 할 운명으로 바뀐 것이다. 만족스러운 깨달음을 얻기 전까진 예전의 운명이 그리울 정도로 힘겨웠지만 퇴로는 사라진 지 오래였다. 무조건 해내야 했다. 한편으론 다행이라는 생각도 들었다. 아득히 먼 옛날부터 품어온 꿈에 못 이기는 척 도전할 수 있어서. 어쩌면 태어나기 전부터 꾸었을 그 꿈.

우여곡절 끝에 나는 인생의 비밀을 풀었다. 골방에 스스로를 가둔 뒤 인간으로서 누릴 수 있는 모든 행복과 즐거움을 내려놓고 오롯이 마음공부에만 매달린 결과였다.

진리를 향한 여정은 결코 순탄치 않았다. 지독한 외로움과 거부하기 힘든 세속적 유혹에 수시로 흔들렸고, 자존심이 땅바닥에 떨어지는 건 예삿일이었다. 심장이 타올랐다가 얼어붙기를 숱하게 반복했으며 누적된 아픔은 뼛속을 계속 헤집고 다녔다. 그럼에도 포기해야겠다는 생각은 들지 않았다. 좀 거창하게 표현하자면 일종의 사명감 같은 것이 나를 지배하고 있었기 때문이었다. 인생의 비밀을 풀지 못해 생사의 갈림길에 선 사람들에게 진리를 선물해 주고 싶었다. 타고난 운명을 송두리째 바꿀 수 있는 비법이 여기 있으니 제발 좌절하지 말라고 말해주고 싶었다. 내가 유달리 이타적인 성격이어서가 아니라 그들이 곧 나임을 깨달았기에 수수방관할 수 없었다. 심정적인 벼랑 끝까지 내몰렸을 때 단념하려 했던 내 목숨을 처음이자 마지막으로 마음공부에 걸었다. 이러한 진심이 하늘에 가닿은 것일까. 과거 선지자들의 숭고한 지혜가 내 영혼의 문을 두드렸다. 그 지혜를 바탕으로 나는 치열하게 연구하고 고민했으며 마침내 '마인드 룰'을 정립하게 되었다. 감히 말하건대 《마인드 룰》은 세상에서 가장 실용적인 영성 지식을 담은 책이다. 현실과 동떨어진 추상적인 깨달음이 아니라 실생활과 밀접하게 연계된 진리를 최대한 쉽게 풀어썼다. 힘겹고 절박한 마음은 잠시 내려놓고 흥미롭게 이 책을 읽어나가길 바란다. 마지막 페이지로부터 당신의 시선을 거두었을 때 당신은 운명의 지배자로 거듭날 것이다.

◆◆◆ 목 차 ◆◆◆

마음의 힘을 얻는 자가
천하를 얻는다

인생의 역풍을 일으키는
에고를 잠재워라

내면으로 들어가
모든 답을 찾아라

4

마침내 밝혀진
운명의 비밀

현실을 창조하는
일곱 가지 마인드 룰

Mind Rule

Part 1

마음의 힘을 얻는 자가
천하를 얻는다

1

운, 최고의 걸작

과감히 결단을 내려라.
나머지는 우주가 알아서 할 테니.

-에머슨-

누구나 후회 없는 인생을 원한다. 하지만 거의 모든 사람들은 생의 끝에 다다랐을 때 가슴 시린 후회로 눈물짓는다. 아무도 들어주지 않는 공허한 외침이 마음속에 울려 퍼진다. "난 정말 열심히 살았어. 하늘을 우러러 한 점 부끄럼 없을 만큼 최선을 다해 살았다고!" 심장 터질 듯 절절하게 외쳐보지만 어디에서도 따스한 위로의 말은 들려오지 않는다. 여태껏 세상으로부터 받아왔던 퉁명스러운 눈빛이 온 감각기관을 통해 전해지는 듯하다. 한 번뿐인 인생을 이런 식으로 마무리하고 싶진 않았는데 더 이상의 기회는 없다. 후회만 가득 품은 채 지구별 여행을 마치는 것이 유일한 선택지다. 깊게 팬 주름에 드리운 그림자처럼 어두운 기분으로 삶과 작별하려니 온갖 회한이 몰려온다. 마음의 힘을 모르고 살아온 대가는 생각보다 크다. 삶의 일부가 아닌 삶 전체가 속 빈 강정이 돼버리기 때문이다. 그렇다고 좌절할 필요는 없다. 불행 중 다행히 한 가지 희망은 아직 남아있으니. 후회가 삶 전체를 장악하기 전에 마음의 힘을 얻기 위한 첫걸음을 뗐다면 당신의 존재가 곧 희망이다. 천 리 길도 한 걸음부터다. 천하를 얻는 법도 한 문장부터다.

후회스러운 인생의 공통점은 바로 운의 결핍이다. 심신의 건강까지 망쳐가며 노력했지만 예기치 못한 불운으로 공든 탑이 순식간에 무너지는 걸 숱하게 본다. 노력의 흔적조차 남기지 않고 폭삭 내려앉은 공든 탑 앞에서 한탄한들 달라지는 건 없다. 기울인 노력의 양보다 적은 성취는 필연적으로 후회를 불러온다. 죄지은 것 하나 없는데 괜히 죄인이 된 기분이다. 인생은 늘 기대했던 것과 반대로 흘러간다. 쌓여만 가는 후횟거리에 명치 부근이 화끈거린다. '시간을 10년 전으로 되돌릴 수만 있다면…' 무의미한 바람인 줄 알면서도 자꾸 되풀이한다. 사라질 줄 모르는 아쉬움에 한마디 덧붙인다. '아니면 딱 1년 전으로라도.' 운이 따라줬더라면 하지 않았을 후회는 그만 접어두길 바란다. 지금보다 훨씬 더 멋지고 아름다울 수 있는 현재를 과거의 그림자로 덮어버리진 말자. 이제는 운을 불러들일 때이다. 당신이 원하는 만큼의 운을 스스로 창조하며 무한한 자유를 누릴 때이다.

단언컨대 인생길 굽이마다 운이 따라주지 않으면 최고의 행복은 맛볼 수 없다. 애써 공들이지 않아도 절로 이루어지는 무위이화(無爲而化)의 상태에 도달해야 만족스러운 삶이 된다. 매번 안달복달하며 억지스럽게 목표를 성취한들 상처뿐인 영광에 불과하다. 어렵사리 번 돈으로 명품 옷을 걸쳐봤자 어딘가 모르게 슬퍼 보이는 눈빛은 모든 걸 말해준다. 온몸으로 '나는 이런 삶을 원했던 게 아니야!'라고 소리치는 듯하다. 숨기고 싶은 진심일수록 만천하에 드러나는 법이다. 헛헛한 마음을 억눌러 놓고 그럭저럭 괜찮게 살아가는 것처럼 연기해 보지만 그 누구의 부러움도 사지 못한다. 딱 노력한 만큼 얻어진 성과는 인간의 마음을 무겁게 한다. 당사자의 마음도 무겁게 하고 타인의 마음도 무겁게 한다. 차마 겉으로 표현할 순 없어도 축복받은 인생이 아님을 알기에 대부분의 타인은 은근한 연민을 보낸다. 인생은 쉬워야 재미있다. 목적지로 출발하려던 찰나 때마침 지름길을 발견하고, 가파른 오르막길에 에스컬레이터가 설치돼 있어야 마음이 즐겁다. 술술 풀리는 인생만큼 매력적이고 예술적인 작품은 없다. 운이 따라줄 때 인생은 비로소 명작이 된다. '모두가 꿈꾸는 삶'이라는 최고의 걸작. 홀가분한 마음으로 지구별 여행을 마치고 싶다면 마음 세상으로 운을 찾아 떠나보자.

2

기다림의 끝

하늘에 당신의 왕국을 짓지 않는다면
그 왕국은 결코 땅 위에 지어질 수 없다.

-빅토르 위고-

동네 생활용품 매장에서 큼지막한 코르크 보드를 구매
했다. 방 사이즈 대비 제법 큰 편이었지만 나에겐 꼭 필요
한 물건이었다. 더운 여름날 집까지 낑낑거리며 들고 가
느라 지칠 법도 한데 자꾸만 배시시 웃음이 터져 나왔다.
발걸음을 옮길 때마다 생전 경험해 본 적 없는 설렘과 희
망이 온몸의 세포 곳곳에 전해지는 듯했다. 직감적으로
나는 머지않아 크게 성공할 것임을 알 수 있었다. 코르크
보드와 몇 장의 사진, 그리고 긍정적인 감정만 준비해 두

면 십중팔구 꿈이 이루어진다고 들었기 때문이었다. 지성이면 감천이라고 했던가. 오랜 시간 간절히 찾아 헤맸던 현실 창조 비법이 생각보다 빨리 내 앞에 나타났다. 수백억 원에 달하는 워런 버핏과의 식사권을 공짜로 얻은 기분이었다. 세계적인 갑부들이 대대손손 사용해 왔다는 비법을 대한민국의 한 작은 서점 모퉁이에서 발견하게 되다니. 곧장 서점을 빠져나와 생활용품 매장으로 날아가듯 걸어갈 때의 느낌은 아직도 생생하다. 심박수가 급격히 상승하며 주체하기 어려운 전율이 감돌던 그때를 잊지 못한다.

우당탕 소리를 내며 현관문에 들어서자마자 코르크 보드부터 내려놓았다. 팔은 저려왔지만 해죽해죽 웃기 바빴다. 입꼬리가 자꾸 위쪽으로 올라갔다. 알라딘의 요술 램프를 얻은 사람이라면 으레 지어 마땅한 표정이었다. 잠시 숨을 고르고 얼음물 한 잔 마신 뒤 부리나케 컴퓨터 책상 앞에 앉았다. 그 어느 때보다 반짝이는 눈빛으로 검색어를 입력했다. 최고급 휴양지, 초호화 주택, 한정판 스포츠카…. 터질듯한 심장을 진정시킬 새 없이 한껏 고무된 손가락들은 키보드 위에서 바삐 움직였다. 상상만으로도 기분 좋아지는 단어들이 줄줄이 떠올랐다. 모니터 화면 속 이미지들은 나를 황홀하게 만들었다. 행복한 미래가 기정사실화된 것마냥 확신에 찬 표정으로 폴더에 저장해 둔 이미지들을 프린트했다. 남들 눈에는 평범한 종잇조각처럼 보이겠지만 조만간 현실로 나타날 마법의 도구였다. 방 벽면의 절반가량을 차지해 버린 코르크 보드 위에 가장 달성하고픈 꿈이 담긴 사진부터 차례차례 붙여 넣었다. 소위 '비전보드'라 불리는 게시판의 빈 공간이 줄어들수록 풍요로운 에너지가 속 깊은 곳에서부터 차오르는 듯했다. 하루 종일 나를 따라다니며 집요하게 괴롭히던 걱정과 근심도 자취를 감췄다. 이제 남은 과제는 매일매일 비전보드를 보며 모든 소망이 이루어진 것처럼 생각하고 느끼는 것이었다. 엄청난 효과에 비해 실천하기 쉬운 기적의 비밀은 누구보다 열심히 살아온 나에게 하늘이 준 선물 같았다. 소나기를 피하려고 우연히 들어갔던 서점에서 마주한 세 글자 '시각화'는 위태로웠던 내 인생의 유일한 희망이었으며 생애 처음으로 성공적인 삶을 꿈꾸게 만들었다.

아침에 눈을 뜨면 곧바로 휴대폰부터 찾던 시선이 비전보드를 향하기 시작했다. 시끄럽게 울려대는 알람 소리에도 꿈쩍 않던 눈꺼풀이 비전보드만 떠올리면 번쩍 떠졌다. 언제나 불쾌하고 침울한 상태로 맞이하던 아침 분위기가 완전히 뒤바뀌었다. 하도 오랫동안 사용해 가운데 부분이 움푹 들어간 매트리스 위에서도 칠성급 호텔 투숙객의 기분을 느낄 수 있었다. 주문한 적은 없지만 몇 분 뒤 유명 셰프가 요리한 조식 룸서비스가 도착할 것 같았다. 어찌나 생생하게 느껴지던지 방문을 열고 나갔을 때 샹들리에로 장식된 복도가 나오더라도 전혀 이상하지 않을듯했다. 무한한 능력을 가진 우주에 주문해 놓은 인생이 도착할 때까지 이와 같은 기분을 유지하면 꿈꾸던 삶은 반드시 현실로 나타날 터였다. 조금만, 아주 조금만 기다리면.

짧을 줄 알았던 기다림의 시간은 예상보다 길어졌다. 날이 갈수록 긍정적인 감정을 유지하는 게 쉽지 않았고 내 인생은 여전히 초라할 뿐이었다. 보기만 해도 희망이 샘솟았던 비전보드는 허름한 방의 애물단지가 되어버렸다. 건기와 우기를 여러 번 겪으며 쭈글쭈글해진 사진들도 별반 다르지 않았다. 선풍기 바람이 도달할 때마다 애처롭게 나부끼는 사진들은 빛바랜 종잇조각 그 이상도 이하도 아니었다. 어린아이도 아닌데 동화 같은 이야기를 곧이곧대로 믿고 따른 내가 꽤 한심해 보였다. 정신승리에 불과했던 지난날들이 파노라마처럼 떠오르자 쥐구멍이라도 찾고 싶어졌다. 환상을 붙잡느라 현실을 놓쳐버린 건 아닌지 막심한 후회가 몰려왔다. 엄청난 비밀이 새어 나갈세라 남몰래 진행해온 시각화였기에 부끄러움은 배가 됐다.

'차라리 재테크 공부를 꾸준히 해왔더라면 지금쯤 가시적인 성과가 나오지 않았을까.'

'다시 생각해 보니 정말 어처구니없는 방법이었던 것 같아. 인생은 역시 수월하게 바뀌지 않는구나.'

방 안에는 적막이 감돌았으나 머릿속은 오만 가지 생각으로 시끄러웠다. 이때를 놓치지 않고 그간 억눌러 뒀던 부정적 감정들도 한꺼번에 터져 나왔다. 시각화 이전의 삶이 재차 반복될 징조였다. 나는 깊은숨을 여러 차례 몰아쉰 후 비전보드 쪽으로 성큼성큼 다가갔다. 꿈에 부푼 채 신중하게 골랐던 사진들을 찬찬히 훑어보았다. 떠나보내는 연인의 뒷모습을 바라보듯이.

'그래도 덕분에 행복했어.'

씁쓸함과 달콤함이 뒤섞인 작별 인사 한마디 남기고 입술을 꾹 다문 채 벽면에서 비전보드를 떼어냈다. 하나부터 열까지 모든 것이 제자리로 돌아왔다. 잠시나마 내 인생에 깃들었던 희망의 기운은 흔적도 없이 사라졌고, 익숙하다 못해 지긋지긋한 우울감과의 동거가 또다시 시작되었다. 예전보다 더욱 강력해진 우울감은 실패로 돌아간 나의 시각화 프로젝트를 비웃는 듯했다. 단지 행복하길 바랐을 뿐인데 세상의 조롱거리가 된 기분이었다. 누구에게는 당연한 행복이 나에게는 주제넘은 욕심이라니. 납득하기 어려워 머리가 아파왔다. 사방이 철벽으로 둘러싸인 공간에 꼼짝없이 갇힌 것만 같았다. 온갖 의문은 늘어나는데 실마리조차 찾기 어려웠다. 돌덩이처럼 무거워진 심장이 얼마나 더 버틸 수 있을지 의문이었다. 답답함을 넘어선 갑갑함, 갑갑함을 넘어선 비참함이 몰려오자 나도 모르게 혼잣말을 내뱉었다.

"더 이상은 살 수 없어. 참을 만큼 참았고 버틸 만큼 버텼어. 이젠 정말 떠날 거야."

무시무시한 생각이 뇌리를 스쳐 갔으나 내 마음은 오히려 평온해졌다. 괴로움만 불러일으키는 삶과 작별하기로 결심한 순간, 나는 전혀 다른 차원으로 단숨에 옮겨갔다. 잔뜩 굳어있던 온몸의 근육들이 스르르 풀리면서 모처럼 편히 숨 쉴 수 있게 됐다. 정체를 알 수 없는 무한한 사랑이 세포 하나하나까지 휘감았고 삼라만상의 주인과 하나가 된듯했다. 내면은 결코 고갈되지 않을 풍요로움으로 가득 차올랐으며 아무런 한계도 존재하지 않는 세상이 나타났다. 천재적인 예술가들에게 영감을 선물하고 위인들의 큰 뜻이 세워지는 그곳. 어떤 꿈이든 시간과 공간의 제약을 벗어나 현실로 만들어 내는 그곳. 신비롭고도 눈부시게 아름다운 세상은 죽음을 떠올리던 나에게 불현듯 찾아왔다. 눈 딱 감고 다시 한번 살아보고 싶을 만큼 치명적인 매력을 풍기면서.

한 시간쯤 지났을까. 천하를 적시던 사랑의 꽃비가 멈추고 아무 일도 없었던 것처럼 주변이 고요해졌다. 마음의 폭풍우가 휩쓸고 간 자리에는 앞으로 절대 사그라질 일 없는 희망의 불씨가 남아있었다.

'지금 방금 내가 경험했던 그 마음 상태로 평생을 살고 싶다.'

오랜 기다림 끝에 물질만능 사회로부터 주입받은 뻔한 목표가 아니라 내 삶과 맞바꿔도 전혀 아깝지 않을 참된 꿈이 생겼다.

3

보이지 않지만
강력한 힘

우주적 힘은 형체가 없으나
형체를 가진 모든 것의 근원이다.

−이소룡−

　　항상 궁금했다. 내 인생은 도대체 왜 이 모양인지. 치열
하게 노력하여 겨우 어떤 지점에 다다르자마자 인생의 도
돌이표가 나타났다. 원래 출발했던 곳으로 되돌아가라는
신호였다. 결코 벗어날 수 없는 궤도가 있는 것처럼 나는
비스름한 장소에서 빙빙 맴돌곤 했다. 열심히 앞을 향해
갔으나 기어이 뒷걸음질 친 결과로 이어졌다. 우주만큼
거대한 존재가 절체절명의 순간마다 내 몸을 달랑 들어
삶의 구렁텅이로 집어넣는 게임을 즐기고 있는 건 아닌지

의심스러웠다. 인간 개체로서 기울여 온 노력은 자그마한 변화조차 이끌어 내지 못했다. 약간의 변화가 생기는 듯하다가도 이내 고꾸라져 버렸다. 제자리걸음을 위한 뜀박질에 점점 지쳐갔으나 별다른 대안도 없었다. 머리끝부터 발끝까지 무력감이 느껴졌다. 거친 파도에 휩쓸린 나뭇잎마냥 두렵고 당혹스러웠다. 그러다 문득 이런 생각이 들었다.

'내 인생만 꼼짝없이 갇힌 건 아니잖아?'

주변을 둘러보았다. 어슴푸레한 새벽녘 항상 똑같은 시간대에 일터로 향하시는 옆집 아주머니, 어깨가 축 처진 채 등교하는 고등학생, 만날 때마다 피곤한 기색이 역력한 회사원 친구. 서로 다른 무늬의 삶일지라도 불가항력적인 에너지 흐름에 갇혀 어디론가 휩쓸려 가는 건 매한가지였다. 역사상 가장 위대한 물리학자 아인슈타인은 말했다. "모든 것은 우리가 통제할 수 없는 힘에 의해 정해진다. 끝뿐만 아니라 시작까지도. 그 힘은 하늘 위의 별들과 땅 위의 벌레들, 인간을 포함한 각종 동식물, 심지어 우주의 먼지까지 운용한다. 보이지 않는 존재가 머나먼 곳에서 연주하는 불가사의한 음악 소리에 맞춰 추는 춤이 우리의 삶이라고 할 수 있다."

언제부터인가 나는 인간의 주체성을 믿지 않게 되었다. 몸소 체험한 바에 따르면 제아무리 고군분투한들 예기치 않은 변수로 일을 그르친 적이 많았기 때문이다. 물론 내가 미처 살피지 못했던 측면도 있었으나 황당무계한 방식으로 힘겨운 상황이 계속해서 벌어지곤 했다. 운명의 개척자를 꿈꿀수록 운명의 피지배자 신세로 전락했다. 실패가 지겨우리만큼 반복되기 전까진 나도 개인적인 부족함에서 그 원인을 찾았다. "다 내 탓이오."라는 말만 되뇌며 보완할 수 있는 부분은 전부 고쳐나갔다. 그러나 달라진 건 하나도 없었다. 내 인생이 투명한 거미줄로 칭칭 감겨 있는 것 같았다. 벗어나려고 발버둥 쳐봤자 무의미한 몸부림에 불과했다. 얼마 지나지 않아 팔다리의 힘이 쑥 빠져버렸다. 거미줄 위에서 가까스로 몸을 이리 굴렸다 저리 굴린들 무력감만 더욱 선명하게 각인될 뿐이었다. 삶의 연륜과 노하우가 허깨비처럼 느껴졌다. 인생에 대해 자신 있게 논하던 과거와 달리 아무것도 모르겠다는 생각이 들었다. 앞으로 어떻게 살아야 하는지, 무엇을 하고 싶은지 감도 안 잡혔다. 설령 알아낸들 아이큐가 최소 다섯 자리 이상은 될 법한 존재가 정밀하게 설계해 둔 거미줄에 걸린 이상 내 인생이 달라질 리 만무했다. 출구 없는 미로에 갇힌다면 이런 기분일까. 풀리지 않는 의문을 붙잡고 씨름할 힘도 없는데 답답함은 점차 가중됐다. 내 눈에만 보이지 않는 큼지막한 코끼리가 내 명치 부근을 깔고 앉은 건 아닌지 확인해 보고 싶었다. 무거운 한숨과 함께 푸념을 늘어놓으려던 찰나 등골이 오싹해지며 뇌리 한가운데로 어떤 의문이 스쳐 지나갔다.

'그런데 이건 뭐지? 나를 짓누르는 이 에너지 말이야.'

실제 코끼리는 아니었으나 단단하고 묵직한 무언가의 존재가 분명하게 느껴졌다. 그 속에 갇힌 채 옴짝달싹 못하는 내 인생과 나의 영혼이 보였다. 눈으로 볼 수 없을지언정 그 어떤 이미지보다 선명하게 다가왔다. 드디어 오랜 기간 품어왔던 궁금증의 실마리가 드러났다. 보이진 않지만 강력한 힘. 그것이 내 인생을 저 모양이 아닌 이 모양으로 만들고 있었다. 지피지기 없는 백전백승은 불가능하므로 당분간은 그 힘의 실체를 밝히는 데 집중하기로 했다. 당분간이 몇 달이 되고, 지지부진한 몇 달이 모여 다시 십여 년이 되었다. 인간의 삶을 쥐락펴락하는 힘인지라 그 실체를 단기간 내에 파악하기란 여간 어려운 일이 아니었다. 하지만 촘촘한 거미줄로부터 벗어나겠다는 나의 열망도 만만치 않게 뜨거웠던 터라 순탄치 않았던 여러 번의 사계절을 무사히 넘겨왔다. 이제부터 마음의 전쟁터에서 살아남은 내가 세상에 줄 수 있는 가장 아름다운 선물의 포장지를 한 꺼풀씩 걷어내려 한다. 당신의 삶이 완전히 행복해질 때까지.

4

완벽한 인생계획표

신의 결정은 늘 불가사의하지만
언젠간 반드시 당신에게 유리한 결과를 불러온다.

-파울로 코엘료-

겨우내 버쩍 말라버려 죽은 줄만 알았던 나뭇가지 위에
파릇파릇 새싹이 돋아났다. 이윽고 꽃봉오리가 맺히더니
아리따운 장미가 만개했다. 매년 어김없이 피어나는 우리
집 마당의 장미를 보며 생각했다.

'장미는 장미이길 거부하지 않았기에 가장 찬란한 모습
으로 제때 꽃을 피우는구나.'

대자연의 보살핌 속에서 장미가 무탈하게 자랄 수 있었
던 이유는 무엇일까. 그것은 바로 대자연이 선물한 계획

표에 자신의 존재를 완전히 내맡겼기 때문이다. 본연과 다른 빛깔, 다른 향기를 탐하지 않고 주어진 계획표가 이끄는 대로 성장해 온 것이다. 화려한 외형이 드러나기 전부터 대자연은 언제나 최상의 결과를 도출해 낸다는 확고한 믿음 덕분에 장미는 그 누구도 범접할 수 없는 특유의 빛을 발하게 됐다. 하지만 인간은 어떠한가. 생명과 함께 부여받은 완벽한 인생계획표와 대적하느라 평생 애쓰며 산다. 미래의 실패 방정식에 불과한 현재의 성공 방정식대로 삶이 전개되지 않으면 극도의 불안감을 느낀다. 이것은 마치 전문가의 건축 설계도를 이해하지 못하는 꼬마 아이가 벽돌을 위로 쌓아 올리지 말고 옆으로 줄지어 놓아 달라고 떼쓰는 격이다. 고집 피울수록 공사 기간이 길어지며 건축물의 형태가 이상해짐에도 막무가내로 투정 부린다. 꼬마 아이에게는 훗날 근사한 건축물이 완성되는 것보다 지금 당장 제멋대로 구는 게 중요하니까. 한참의 시간이 흐른 뒤 타인의 삶 위에 세워진 예술적인 건축물을 보며 그 아이가 흘릴 눈물만 생각해도 벌써부터 가슴 아프다. 먼저 울어본 사람으로서 노파심을 품어본다.

주변을 돌아보면 순풍에 돛 단 듯 술술 풀리는 인생이 있는가 하면 꽉 막힌 도로처럼 정체된 인생도 있다. 한쪽은 수호천사가 달아준 커다란 날개의 도움으로 온 세상을 마음껏 누비며 살고, 다른 한쪽은 발목에 채워진 족쇄 때문에 아무리 노력해도 같은 자리만 빙빙 맴돈다. 시간이 지날수록 두 인생의 격차는 점점 더 벌어지고 끝내 불공평한 하늘을 탓하게 된다. 그러나 마음의 세계를 충분히 이해하면 더없이 공평한 룰이 또렷하게 보인다. 무의식의 가장 깊은 곳에는 '공(空)'이 존재한다. 시간과 공간의 제약을 받지 않으며 무한한 가능성을 품은 사랑 에너지로 가득한 장소다. 아무것도 없지만 모든 것이 잠재적인 형태로 빼곡하게 들어차 있다. 무색무취인듯하나 삼라만상의 모든 빛깔과 향기를 지녔으며 무심한 듯하나 세상의 모든 마음을 담고 있으며 무력한 듯하나 모든 창조의 유일한 에너지원이다. 물질우주에서 통용되는 논리 너머의 순수의식 그 자체이기도 하다. 황홀하리 만치 신비로운 공의 자리에서 생성과 소멸이 반복된다. 이때 용솟음치는 생명의 기운을 타고 창조된 존재가 바로 당신이다. 오직 사랑으로만 빚어진 당신의 삶은 본디 순탄하게 흘러가도록 설계됐다. 하지만 10년 전에도, 작년에도, 어제도 당신이 경험했던 하루하루는 늘 삐걱거렸다. 모양새가 각기 다른 타이어를 단 자동차마냥 뒤뚱거리며 힘겹게 전진해 왔다. 축지법을 연마한 듯 힘들이지 않고 쭉쭉 앞지르는 사람들 숲에서 바보가 된 기분으로 억척스레 버티기만 했다. 당신도 어렴풋이 느끼지 않았는가. 뭔가 잘못돼도 한참은 잘못됐다는 걸.

순수의식은 심심풀이로 당신을 창조하지 않았다. 주말에 딱히 할 일이 없어 빈둥거리다 말고 '인간이나 만들어 볼까?'라며 당신을 후다닥 세상에 내놓은 것이 아니란 말이다. 심지어 희뿌연 먼지 한 톨조차 확실한 존재 이유를 부여받았다. 천문학자에게 먼지란 별의 씨앗이다. 우주 이곳저곳을 떠돌던 먼지 알갱이들이 오랜 시간 조금씩 뭉쳐지면서 탄생한 것이 바로 별이기 때문이다. 찬란히 빛나는 태양도 머나먼 옛날엔 작디작은 먼지에 불과했다. 순수의식이 먼지를 위해 마련해 둔 계획표가 그토록 창대할 줄은 꿈에도 모르지 않았을까. 하물며 세포 수십조 개를 조합하여 먼지보다 훨씬 더 복잡한 구조의 인간을 만들어 낼 때는 얼마나 멋진 계획을 세워뒀겠는가. 순수의식 사전에 고생스러운 삶이란 없다. 오직 축복으로 가득한 삶만 있을 뿐이다. 한없이 너그러운 성품의 순수의식은 천지만물이 안락하게 살길 바란다. 걱정과 근심으로부터 벗어나 영혼의 날개를 활짝 펴고 자유롭게 훨훨 날길 바란다. 순수의식의 소망은 탁상공론식 바람이 아니다. 이미 실질적인 준비는 모두 끝났다.

흔히 이 세상에 태어날 때 빈손으로 왔다고 말한다. 하지만 실오라기 하나 걸치지 않은 맨몸이 인간에게 주어진 유일한 자산은 아니다. 각각의 존재가 어떻게 살아야 제일 행복한지 알려주는 보물 지도와 영혼의 금은보화로 가득한 목적지까지 순탄히 도달하는 데 필요한 에너지를 한 세트로 묶어 모든 사람들의 마음속에 심어두었다. 순수의식은 완벽한 인생계획표와 그것을 이룰 수 있는 힘을 함께 줬다. 감사하게도 무료로. 꼬물거리는 신생아의 손에 쥐어진 건 아무것도 없을지 모르나 내면의 선물 상자에는 앞으로의 삶을 책임져 줄 든든한 존재가 잠들어 있다. 마음 세상으로 들어가 그 존재와 합심하여 인생계획표를 실현할 때 당신은 우주의 진정한 주인이 된다.

5

마음 세상의 원리

모든 것은 순수하고도 투명하게 신으로부터 흘러나온다.
한때 걱정에 사로잡혀 나의 눈이 어두워졌으나
거듭 뉘우치고 마음을 정화한 끝에
태초의 맑은 원천인 신에게로 돌아갔다.

–베토벤–

완벽한 인생계획표. 지금이라도 당장 찾고 싶지만 우주
의 주인으로 거듭나게 해주는 마법의 힘이 그렇게 쉽게
나타날 리 만무하다. 꼭꼭 숨은 데다가 눈에 보이지도 않
으니 막막할 따름이다. "못 찾겠다, 꾀꼬리!"를 외쳐봐도
소용없다. 어려운 수학 문제를 풀려면 기초적인 원리부터
깨우쳐야 하듯 인생계획표가 스스로 드러나도록 하려면
마음 세상의 원리부터 알아야 한다.

인간의 삶을 이끌고 가는 건 돈도 아니고 명예도 아니다.

오직 무의식뿐이다. 현실 창조력을 지닌 마음 에너지는 무의식에 거하기 때문이다. 누구나 수월하게 포착 가능한 표면의식은 아무런 힘이 없다. '행복하게 살고 싶다.'는 생각을 숱하게 했어도 여전히 불행한 걸 보면 표면의식이 얼마나 무력한지 알 수 있다. 긍정적인 생각과 강인한 의지에 기반한 인생은 바다 위의 종이배와 같다. 거친 파도가 일렁이는 순간 속수무책으로 뒤집혀 버린다. 표면의식 차원에서 어떻게든 좋게 생각하고 의지를 군건히 다진들 종이배의 운명은 무의식의 뜻에 따라 좌우된다. 여기서 말하는 무의식의 뜻이란, 무의식을 차지하고 있는 마음 에너지의 속성을 의미한다. 무의식이 현실을 채색하는 화가라면 마음 에너지는 물감이다. 어둡고 탁한 마음 에너지로 그린 현실은 어둡고 탁할 수밖에 없고, 투명하고 밝은 마음 에너지로 그린 현실은 투명하고 밝을 수밖에 없다. 마음 에너지가 깨끗해질수록 무의식 밑바닥에 자리한 인생계획표의 내용이 명확하게 보이는데, 이때부터 순수의식의 선물을 받게 된다. 남은 일생 동안 하루도 빠짐없이.

그런데 어쩌다가 사람마다 각기 다른 빛깔의 마음 에너지를 지니게 되었을까? 먼저 마음 에너지가 어둡고 탁해지는 이유를 살펴보자. 인적이 끊긴 폐가에서는 검은 오라가 스멀스멀 피어오른다. 여기저기 거미줄이 흐늘거리고 무성하게 자란 잡초는 음침한 분위기를 더한다. 늦은 밤 현관문 어귀에서 유령이라도 불쑥 튀어나올 것 같다. 누군가 정성스럽게 돌봤더라면 집안 전체가 생기로 가득했을 텐데 방치된 기간이 길어지자 마을의 흉물로 전락하고 말았다. 마음 에너지도 마찬가지다. 그 존재를 외면하고 억누르면 언젠가는 인생의 걸림돌로 작용하기 시작한다. 고삐 풀린 망아지처럼 이리저리 날뛰며 중요한 순간마다 훼방 놓는다. 보살핌을 받지 못해 잔뜩 사나워진 마음 에너지를 일컬어 '에고(ego)'라고 부른다. 에고의 탄생 과정을 좀 더 구체적으로 알아보자. 앞서 말했듯이 순수의식은 개인맞춤형 인생계획표와 그것을 이룰 수 있는 힘을 함께 줬다. 현실 창조력이 빠진 인생계획표는 무의미하기 때문이다. 순수의식이 각각의 인간 개체에게 힘을 전달하는 방법은 바로 내면의 느낌이다. 어떤 느낌이든 거부하지 않고 받아들이면 사랑스러운 마음 에너지로 전환된다. 이렇게 해서 원하는 현실을 만드는 데 필요한 질료가 조금씩 쌓여간다. 무의식에 모인 에너지의 양이 일정 수준을 넘어서면 현실은 드라마틱하게 변한다. 매일매일 정신적 물질적 풍요로움이 삶 속으로 밀려드는 신비로운 경험의 주체가 되는 것이다.

내면의 느낌이란 일종의 화폐다. 꿈꾸던 인생과 맞바꾸라며 순수의식이 아무런 대가도 받지 않고 건네는 마음의 돈이다. 하지만 사람들은 사회에서 좋다고 평가받는 느낌만 취하려 한다. 우월감, 쾌락, 고귀함 등을 선택적으로 붙잡는다. 이것은 마치 동전의 한쪽 면만 떼어가려는 것과 다름없다. 지각이나 오감으로 경험하는 현상계는 이원성의 세상이다. 즉 무엇이든 둘로 쪼개져 있다. 빛과 어둠, 하늘과 땅, 사랑과 미움, 기대와 실망, 선과 악…. 크게 보면 양과 음으로 나누어진다. 이와 같은 이원성에 기반하여 현상계가 존재하게 된다. 양이 없으면 음이 존재할 수 없고, 음이 없으면 양이 존재할 수 없다. 양을 배경으로 음이 나오고, 음을 배경으로 양이 나오기 때문이다. 예컨대, 슬픔 없는 세상에는 기쁨도 없다. 가슴 시리게 아픈 눈물을 흘려본 사람만이 깊고 짙은 행복에 빠져든다. 새카만 밤하늘에서 영롱한 달빛만 골라내 바라볼 수 없듯 기쁨과 슬픔은 양자택일의 문제가 아니다. 기쁨이 느껴지는 동안 그 아래 슬픔이 흐르고, 슬픔이 느껴지는 동안 그 아래 기쁨이 흐른다. 서로가 서로의 존재를 위해 필수적이므로 항상 같이 붙어 다녀야 한다. 기쁨과 슬픔을 동등하게 받아들이면 양과 음이 동시에 살아 움직이게 되고 온전한 형태의 마음 화폐, 즉 인생계획표 실현에 사용되는 순수한 마음 에너지가 만들어진다.

그러나 대부분 유년 시절의 경험 정보나 사회적 잣대를 기준으로 마음을 재단한 뒤 좋아 보이는 생각과 감정만 골라낸다. 이 과정에서 불만족스러운 마음은 외면하고 억눌러 버린다. 혐오스러운 눈빛을 보내며 회피한 마음은 절대 사라지지 않는다. 단단히 토라진 상태로 무의식에 틀어박힌다. 처음에는 약간 뾰로통하게 입술을 삐죽 내밀고 있는 정도다. 이때라도 늦지 않았으니 야멸차게 버렸던 마음을 안아주는 게 바람직하다. 감당하기 어려운 인생의 방해꾼으로 돌변하기 전에 말이다. 생명을 위협하는 눈사태도 한때 작고 귀여웠던 눈송이들이 뭉쳐진 결과다. 대수롭지 않게 여겼던 미약한 마음 에너지가 오랜 기간 소외되면 치명적인 독을 품은 가해자가 된다. 그 존재를 알아차리기 전까지 무의식의 힘을 마구잡이로 끌어다 쓰며 하나의 독립된 인격체로서 생각과 감정도 만들어 낸다. 유일한 관심사는 영향력 확대이므로 삶의 주체가 얼마나 힘든지 개의치 않고 몸집 불리기에만 몰두한다. 당신의 충성스러운 아군이 될 수도 있었던 마음 에너지는 어느덧 '에고'라는 이름의 적군이 되어 인생을 시나브로 장악해 나간다. 눈덩이처럼 커진 에고가 현실 창조에 본격적으로 뛰어들면 삶은 매 순간 휘청거리고 뜻대로 진행되는 일이 하나도 없어진다.

무의식을 구성하는 마음 에너지 중 에고의 색채가 강한 마음 에너지의 비율이 높을수록 인생계획표는 뒷전으로 물러난다. 인생계획표에서 눈을 떼는 순간 순수의식의 도움을 받지 못한다. 사는 것 자체가 고역이 되고 그간의 노력은 모두 수포로 돌아간다. 에고의 지배권 아래 놓인 인간의 삶은 힘겹고 허무하며 시시하다. 에고에게 휘둘리는 허깨비로 살다가 눈 깜짝할 사이 황혼기를 맞는다. 물질 세상의 뿌리인 마음 세상에서 에고가 어떤 일을 벌이는지 모르면 진정한 삶이 시작되기도 전에 인생은 막을 내린다.

⋯ 6 ⋯

에고의 대물림

맺힌 것은 언젠가 풀지 않으면 안 된다.
이번 생에 풀리지 않으면 언제까지 지속될지 알 수 없다.

-법정 스님-

금수저부터 흙수저까지 나열된 수저계급 표에서 당신
의 태생은 어디쯤 위치하는가? 눈을 감은 채로 아무 칸이
나 선택해도 무방하다. 어차피 무의미한 논쟁이니까. 부
모의 경제적 능력이나 사회적 지위를 기준으로 수저계급
을 나누는 건 오히려 다행스러운 일인지도 모른다. 돈과
명예는 영원하지 않을뿐더러 의지만 굳게 다지면 자식 세
대에서 충분히 획득 가능한 결과물이기 때문이다. 수치로
환산하거나 분명한 명칭을 부여할 수 있는 수저의 특성상

표피적인 변화만 추구하면 된다. 어떻게 살아야 원하는 목표 지점에 다다를 수 있는지 명확하게 보인다. 더욱 존엄한 라이프 스타일을 지향할 경우엔 수저계급 자체를 잊어버리고 타고난 본성대로 자유롭게 살면 그만이다. 무의식의 힘에 비하면 수저는 소꿉놀이 장난감 수준이므로 크게 신경 쓸 필요 없다. 하지만 수저가 직접 말해주지 않는 '그것'이 문제다. 바로 '에고의 대물림', 그것이 문제의 핵심이다.

현세대부터 새롭게 생성된 에고도 있지만 한 사람의 인생을 그르칠 정도의 에고는 대대손손 전해져 내려온 경우가 많다. 하루 이틀 먼지가 쌓인 창문과 수백 년 동안 닦지 않은 창문의 상태가 같을 순 없다. 아름다운 바깥 풍경을 성공적인 삶에 비유하자면, 창문 위 먼지는 켜켜이 누적된 에고라고 할 수 있다. 창문이 불투명할수록 외부 세상을 제대로 파악하기 어렵다. 자연히 상황 판단력은 저하되며 어리석은 의사결정으로 궁지에 몰린다. 에고로 오염된 마음 에너지는 무겁고 사나워서 어떤 소망이 피어날 때마다 육중한 무게로 심장을 압박하며 무자비하게 공격한다. 희망적인 느낌을 포위한 뒤 널리 퍼져나가지 못하게끔 철저히 막는다. 마음 에너지가 밝고 투명해지면 에고는 소멸하기 때문에 사랑이 깃든 감정을 필사적으로 제압해야 연명할 수 있다. 살아남은 에고는 악착같이 몸집을 불린다. 에고의 크기에 비례하여 인생의 역풍은 점차 거세진다. 한 발짝이라도 내딛을라치면 별별 허들을 뛰어넘어야 한다. 남들 보기엔 찔끔 전진했을 뿐인데 대단히 성공한 사람보다 몇 배 더 고생스럽다. 소파에 잠깐 누웠다가 일어날 때조차 대량의 에너지가 필요하다. 팔과 다리는 천근만근이고 누군가 몸통을 밧줄로 꽁꽁 묶어둔 것 같다. 손끝 하나 까딱하기 어렵다. 이쯤 되면 일어나지 않는 게 아니라 일어나지 못하는 거다. 에고의 힘이 워낙 강해 완전히 압도된 상태다. 무의식이 가벼울 경우 1초 안에 벌떡 일어나 방으로 들어갔을 텐데 에고가 세게 타고난 사람은 한 시간 넘도록 사투를 벌여도 역부족이다. 정신력이 나약한 탓도 아니다. 물려받은 에고가 심히 버거울 따름이다.

모든 에고의 일차적인 목표는 영토 확장이다. 최대한 많은 인간들 속에 자리 잡길 원한다. 에고가 영토를 넓히는 방법은 다양하다. 자식이 부모의 에고를 고스란히 물려받게 하는 것도 그중 하나다. 가난한 집안에서 태어난 아이는 돈이 많았으면 좋겠다고 말하지만 외부로부터 주입된 소망인 경우가 많다. 머리로는 부자가 되고 싶다고 생각할지 몰라도 온몸이 거부반응을 일으킨다. 부유한 미래를 떠올리면 괜히 두렵고 거북하다. 초라한 현실이 너무 싫은데 딱히 벗어나고 싶지도 않다. 풍요로운 삶을 사는 것보다 빈곤한 채로 남아있는 게 오히려 편한 기분마저 든다. 절대 그럴 리 없다고 주장한들 내면을 차분히 들여다보면 진실이 드러난다. 은근히 궁핍한 처지를 즐기는 에고가 빈자의 마음속에 거주한다. 대대손손 전해져 내려온 그 에고는 가난을 그럴싸하게 포장해 둔다. 가난의 궤도를 제 발로 벗어나지 않도록 희한하게 끌리는 느낌도 살짝 발라놓는다. 분명 하루하루가 고된데 부정하기 어려운 안락함이 스며든다. 거울에 비친 주눅 든 얼굴을 향해 누군가 속삭인다. "너한텐 가난이 참 잘 어울려!" 절로 고개가 끄떡여진다. 익숙한 서글픔에 왠지 마음이 놓인다. 에고의 의견을 고분고분 받아들이면 '가짜 평온'이라는 선물을 준다. 말 잘 듣는 애완견에게 몇 알의 사료를 주듯이.

가난의 울타리 안에 순순히 머무는 빈자는 에고의 총애를 독차지한다. 굽은 어깨로 맥없이 살아갈수록 가난이 더욱 편해지도록 만든다. 게다가 일찌감치 에고와 한편이 된 부모까지 합세할 경우 아이의 인생은 갖가지 결핍으로 점철된다. 무심코 내보이는 부모의 말과 행동을 통해 아이가 가난해질 수밖에 없게끔 유도한다. 에고의 입김이 작용한 결과다. 자식만큼은 이것저것 누리면서 살길 바란다지만 빈자의 마음 에너지가 육신을 장악한 이상, 부모의 몸은 아이에게 흘러가는 부의 기운을 차단하는 쪽으로 움직인다. 누구를 막론하고 빈자에서 부자로 거듭나는 모습이 낯설기 때문이다. 그 모습을 지켜보는 건 굉장히 불편하고 괴로운 일이다. 지금 당장 눈앞에 큰돈이 떨어지면 모를까. 가시적인 성과가 나올 때까지 돈 버는 과정만 떠올리면 거북스럽다. 막연한 두려움과 불안감이 엄습한다. 아이가 부자처럼 생각하고 행동하면 섬뜩한 일이 벌어질 것만 같다. 가난의 매트릭스에서 벗어나려는 야심찬 시도는 공포 영화의 한 장면보다 더 무섭게 다가온다. 아이의 발목이라도 부여잡아야 그나마 안심이 된다. 실질적인 방해인 줄도 모르고 숨 막히는 걱정과 관심을 쏟아붓는다. 혹여 원대한 꿈을 품을까 봐 아이의 마음속에 희망적이고 자유로운 느낌이 자라나기 무섭게 보이지 않는 내면의 가위로 싹둑싹둑 잘라버린다. 천재적인 프로그래머인 에고가 설계해 둔 시스템은 그렇게 한 치의 오차도 없이 착착 돌아간다. 이 세상에 태어난 순간부터 은밀하고도 집요하게.

사금이 섞여있는 모래흙을 '금흙'이라고 부른다. 엄밀히 말하면 흙수저는 금흙수저다. 모래흙에서 사금만 따로 채취하면 영혼의 금수저가 된다. 그 분리 방법은 각자의 인생계획표가 알려준다. 인생계획표는 개인맞춤형이므로 대물림되지 않는다. 물질 세상의 천륜에서 벗어나 오직 한 사람만을 위해 순수의식이 손수 제작했다. 주변 사람들이 암만 공격해도 누군가의 인생계획표에 흠집 하나 낼 수 없다. 은근슬쩍 가난으로 내모는 부모를 포함해서. 하늘이 두 쪽 나도 인생계획표의 원상은 보존된다. 단지 곤궁한 파동을 생성하는 빈자의 마음 에너지가 인생계획표의 입구를 꽉 막고 있을 뿐이다. 부모 세대에서 정화되지 못한 그 에너지는 낱낱이 복제되어 자식 세대로 넘어간다. 한집안에 동일한 에고를 지닌 인간의 수가 늘어났으니 에고의 영토는 더욱 커진다. 그럼에도 초조한 에고는 확보한 영토를 지키기 위해 이미 사고체계가 확립된 부모 대비 변화할 가능성이 높은 어린아이를 집중 관리 대상으로 삼는다. 무엇이든 스펀지처럼 흡수하는 연령대라서 에고의 전략은 십중팔구 통한다. 부모의 언행과 세상 사람들의 눈빛을 매개로 가난에 쐐기를 박는다. 부모에게 썼던 방식과 동일하게 돈과 멀어져야 안전한 느낌이 들게 한다. 조금이라도 부유하게 살길 바라면 즉각 고통스러운 감정을 불러일으킨다. 대개 이쯤에서 낙오되지만 포기하지 않고 계속 전진할 경우 일련의 사건들을 통해 굴욕적인 패배감을 여러 번 맛보게 한다. 물려받은 에고만 없었어도 인생계획표대로 삶이 순탄하게 펼쳐졌을 텐데 아름다운 꿈 한번 품었다가 아이는 상처투성이가 된다. 이때부터 돈이 공포스럽게 느껴지고 구태여 강요하지 않아도 스스로 가난해진다. 이로써 목표했던 승리를 거둔 에고는 다음 세대가 시작될 때까지 한숨 돌린다. 마인드 룰의 출현을 미처 내다보지 못하고.

7

삼라만상이 제자리로

생각은 개인에게 속한 것이 아니고 우주에 속해있다.
진리는 창조되는 것이 아니라 그냥 인식되는 것이다.

-요가난다-

    사랑으로 가득한 순수의식의 세상에는 부익부만 존재
한다. 끝없이 팽창하는 우주처럼 풍요로운 에너지도 무한
히 뻗어 나간다. 인간의 삶과 우주를 관장하는 원리가 동
일하기 때문이다. 깨끗하고 맑은 무의식에서 솟아오른 영
롱한 빛줄기들이 세상이라는 스크린을 수놓는다. 진귀한
경험들이 가시화되어 눈앞에 나타나고 달콤한 꿈들은 현
실로 바뀐다. 내면과 외면의 경계가 사라지며 이 세상 모
든 만물이 하나로 연결된다. 너와 내가 따로 존재하지 않

으므로 우월과 열등, 선과 악, 승리와 패배 등 상대적 개념들은 크나큰 사랑 속에서 녹아내린다. 인류 전체는 영적인 도약을 위해 특정 시공간에서 만났다. 한 명의 거대한 여행자임과 동시에 수십억 명의 여행 동반자 집단이다. 서로가 서로의 무의식을 비춰주며 더욱 광활한 세계로 함께 옮겨간다. 각자의 손에 들린 인생계획표를 소중히 여기고 존재 본연의 색깔을 가감 없이 드러내다 보면 잡힐 듯 잡히지 않았던 마음의 천국이 지금 여기로 옮겨온다.

물질적 정신적 풍요가 또 다른 형태의 풍요를 창조하는 건 더 이상 기적이 아니다. 평범한 일상의 일부분이 된다. 부익부의 궤도에 한번 올라타면 삼라만상이 제자리를 찾고 지극한 안정감 속에서 인생은 순리대로 흘러간다. 하지만 에고가 생성되면서 빈익빈이 만들어졌다. 자연스럽고 정상적인 상태에 반하는 에너지 흐름이 등장한 것이다. 적재적소에 위치했던 퍼즐 조각들을 마구 뒤섞어 놓으면 그림의 형상이 일그러진다. 이와 마찬가지로 에고가 개입하는 순간부터 삼라만상은 뒤죽박죽되고 인생의 모양새는 구겨진다. 모든 인간이 영혼의 부자로 태어나 부에 부를 얹으며 재미나게 살아가도록 설계된 시스템은 작동을 멈추고 자연의 섭리에 반하는 가난의 수레바퀴가 돌아간다. 만물이 다시 본래의 자리로 되돌아갈 때까지 빈익빈은 멈추지 않는다.

지긋지긋하고 괴로운 빈익빈의 사슬에서 벗어나려면 어떻게 해야 할까? 무의식의 지배자로 군림한 에고를 정화시키는 게 첫 번째 단계이자 끝이다. 인생계획표의 길목을 틀어막은 에고가 물러나 줘야 순수의식의 힘으로 무엇이든 할 수 있게 된다. 하지만 몇 대에 걸쳐 자리 잡아온 터라 호락호락 자리를 내어주지 않는다. 더군다나 물리적 형상이 없어 에고를 만나기도 어렵다. 오직 느낌을 통해 접근해야 하기에 정신이 완전히 깨어있어야 한다. 마음의 폭풍우가 몰아쳐도 절대 흔들리지 않는 내면의 요새를 구축하는 게 필수적이다. 부동의 고요함 속에서 빠르게 지나가는 생각과 감정을 찬찬히 바라볼 때 에고와의 만남이 성사된다. 뿌연 안개가 걷히고 저 멀리서 슬픈 표정의 에고가 뚜벅뚜벅 걸어온다. 오랫동안 어두컴컴한 무의식이 유일한 활동 무대였던 탓인지 심안에 비친 에고의 얼굴은 창백하고 야위었다. 인생을 그토록 괴롭게 만들었던 존재가 맞나 싶을 정도로 숨만 겨우 쉴 만큼 힘겨워 보인다. 누군가의 따스한 손길이 그리운 엄연한 사람의 눈빛이다. 에고도 속 시원하게 털어놓고 싶은 이야기가 많지 않을까.

에고는 자발적으로 생성된 것이 아니다. 차별 대우를 당하던 마음 에너지가 무의식에 감금된 결과 생겨났다. 못난 모습을 밀어내고 싶거나 자존심 상한다는 이유로, 마주하기 버거운 두려움과 아픔 때문에, 일부 생각과 감정을 은폐하다 보면 기댈 곳 없는 마음 에너지가 합쳐져 에고로 변한다. 무참히 버림받은 상처를 짊어지고 무의식으로 들어간 에고는 억울하고 외로운 악마가 된다. 가진 것도 상처뿐이고 경험한 것도 상처뿐이라 원하든 원치 않든 쓰라린 상처밖에 내어주지 못한다. 악독한 의도가 없더라도 칼날이 날카로우면 그저 스치기만 해도 타인에게 부상을 입히는 것처럼 쓸쓸히 방치된 에고는 하는 일마다 화를 부른다. 그리스 신화 속 미다스 왕과 달리 손만 댔다 하면 하나부터 열까지 엉망진창으로 만들어 버린다. 그럴수록 더욱 고립되고 외면당한다. 에고 역시 이런 신세가 비관스럽다. 빈틈없이 가로막혀 갑갑한 무의식 속에서 원성만 사려니 인내심이 한계에 다다른다. 참다못한 에고는 외부 세상으로 구조 요청을 보낸다.

에고가 고안해 낸 SOS 신호 송출 방법은 일상의 크고 작은 사건들이나 번번이 맺어지는 인연을 통해 자신의 존재를 드러내는 것이다. 예컨대, 스스로 하찮게 여기는 마음이 장시간 억눌려 생긴 에고라면 어딜 가나 대접받지 못하는 상황을 만들어 낸다. 인간의 언어로 소통할 수 없으니 유일하게 조정 가능한 일상다반사를 뒤흔들어 일종의 대화를 시도한다. 당신 안에 이러이러한 에고가 갇혀 있으며 하루라도 빨리 자유로워지고 싶다고 말하기 위해서다. 에고의 절절한 읍소는 대개 공격이나 괴롭힘을 동반하므로 그 속에 담긴 메시지를 발견하기 어렵다. 일단 고통에서 벗어나는 게 우선이라 삶의 문제들이 무엇을 뜻하는지 차분히 생각할 겨를도 없다. 마음 어느 곳에 상처가 났다고 우회적으로 보여주는 것인데 무조건 덮어두려고만 할 뿐 그 상처와 직접 마주하지 않는다. 명확히 눈에 보이는 육체의 경우 찰과상을 입어 출혈이 생기면 통증이 있더라도 치료부터 한다. 통증이 아닌 다른 곳으로 시선을 돌린다고 해서 상처가 사라지지 않는다는 걸 너무나도 잘 알기 때문이다. 에고로 표상되는 마음의 상처 역시 물리적 상처와 마찬가지로 회피의 대상이 아닌 치유의 대상이다. 아프다는 이유로 관심을 끊은들 영혼의 출혈은 계속된다. 괜찮은 척하며 이곳저곳 돌아다녀 봐도 아물지 않은 상처가 늘 따라다닌다. 분위기 좋은 레스토랑에서 식사를 하거나 감미로운 음악을 듣는 동안마저 정체불명의 통증이 느껴진다. 병이 난 것도 아닌데 시름시름 앓게 되고, 특별히 다친 것도 아닌데 항상 어딘가 아프다.

마음, 몸, 인생은 하나로 연결돼 있으므로 영혼의 출혈이 멈추지 않는 한 세 요소 모두 결국 병들어 버린다. 에고가 인간과 소통하는 방식을 진작 이해하고 삶 속에 숨겨진 메시지를 재빠르게 포착했더라면 상처의 범위가 줄어들었을 텐데 안타까울 따름이다. 에고에 의해 유발된 통증, 즉 삶의 괴로움은 치유가 필요한 영혼의 존재를 알려주는 것일 뿐 하늘 눈 밖에 났다는 뜻이 아니다. 건강한 마음 에너지로 활기차게 살길 바라는 순수의식이 정립한 메커니즘이다. 무의식에 어떤 상처가 생겼는지 삶으로써 직접 관찰하고 경험하도록 한다. 현재 봉착한 문제를 비극적인 시련으로 간주하지 말고 뜻깊은 신호로 받아들여야 하는 이유다.

일상을 에고와의 소통 창구로 여기는 순간부터 해결의 실마리가 보이기 시작한다. 마음의 괴로움이 일어났다는 건 상처 입은 에고가 표면의식까지 찾아왔다는 의미다. 숙련된 명상가도 접근하기 어려운 무의식까지 들어가야 겨우 만날 수 있는 에고인 만큼 제 발로 찾아온 에고를 문전 박대하는 건 굴러들어 온 기회를 냉큼 걷어차는 셈이다. 내면이 전쟁터가 됐더라도 좌절하기보다 정신 똑바로 차리고 에고의 상처를 치유하여 어두워진 인생에 밝은 기운을 불어넣어야 한다. 그렇다면 어떻게 에고를 치유할 수 있을까? 상처가 난 원인 속에 그 답이 있다. 무조건 억누르고 감춰뒀던 생각과 감정을 있는 그대로 받아들이고 드러내는 게 핵심이다. 건강의 필수 조건이 원활한 혈액 순환이듯 환상적인 현실을 창조하는 무의식 상태가 되려면 마음 에너지의 흐름에 막힘이 없어야 한다. 자연스럽게 떠오르는 생각과 감정을 일일이 검열하여 인위적으로 조작하거나 숨겨두면 일부 마음 에너지가 내면의 특정 장소에 고인다. 흐르지 않는 물은 썩기 마련이다. 단단히 뭉친 마음 에너지는 웅어리가 되어 마음, 몸, 인생에 병을 일으킨다. 따라서 평소 생각과 감정을 습관적으로 선별하여 밀어내지 않도록 수용적인 자세가 필요하다. 삼라만상이 무한한 사랑에서 태어났음을 자각하고 어떤 마음 에너지가 지나가든 따스한 시선으로 바라봐 줄 때 모든 것은 제자리를 찾는다.

8

단 하나의 소원,
완벽한 삶

신이 택한 길이 최고의 길이다.

-지그 지글러-

순수의식은 전지전능하다. 무엇이든 창조할 수 있고 어떤 꿈이든 이루어 줄 수 있다. 하지만 오랜 기간 마음공부에 매진해 온 사람들의 삶을 보면 고개를 갸우뚱거리게 된다. 빗질하기 귀찮은 듯 헝클어진 머리칼, 빳빳한 곳 하나 없는 남루한 옷차림, 그림자가 질 정도로 깊게 팬 주름살…. 무한한 능력과 하나 된 의식 차원까지 도달했다고 하기엔 의아스러운 부분이 한두 군데가 아니다. 글로벌 기업을 설립하여 천문학적인 매출액을 올린 것도 아니고,

뛰어난 지능으로 다양한 분야를 섭렵한 것도 아니다. 한마디로 특별하지 않다. 들판에 핀 풀꽃처럼 무심히 살아간다. 평범한 일반인과 구분되는 특징을 하나 찾자면 온몸에서 뿜어져 나오는 환한 기운이랄까. 그 외의 차이점은 발견하기 어렵다. 신데렐라를 무도회의 주인공으로 만들어 준 요정 할머니보다 순수의식의 힘이 더 강할 텐데 도대체 왜 예사로운 삶에 머물게 하는 걸까?

황금만능주의에 길들여진 에고는 순수의식의 능력을 오직 물질적인 성과로만 판단한다. 그 사람이 얼마나 많은 돈을 벌고 얼마나 높은 지위에 올랐느냐에 따라 숭고한 힘의 작용 여부를 자의적으로 결론 내린다. 타인의 시기와 질투를 유발할 만큼의 돈과 명예를 얻었으면 하늘이 내린 인생이라고 칭한다. 반대로 눈에 보이는 결실이 미미한 경우 하늘의 도움을 받지 못한 존재로 폄하한다. 순수의식이 인간을 행복하게 만들기 위해 사용 가능한 수단은 돈과 명예 딱 두 가지뿐이라고 생각하기 때문이다. 이것은 마치 끝없이 펼쳐진 백사장의 모래 두 알만 보고 전체 백사장의 아름다움을 평가하는 것과 같다. 특정 에고에 종속될수록 시야가 좁아지므로 숲이 아닌 나뭇잎 몇 개만 쳐다보게 된다. 단 두 장의 나뭇잎 크기를 기준으로 숲에 대해 논하는 건 어리석은 처사다. 순수의식은 개개의 인간 모두 최고로 행복하길 원한다. 더할 나위 없는 행복의 실현은 인생이 완벽한 조화 속에 놓일 때 가능하다. 따라서 수많은 요소들을 관장하며 완벽한 균형점을 찾는 것이 순수의식의 최대 관심사다.

한 사람의 인생과 관련된 요소들은 무한대에 가깝다. 서류 가방을 들고 회사에 가는 과정조차 간단치 않다. 팔과 다리가 수천 번 넘게 순서대로 나왔다 들어갔다를 반복해야 하고, 올바른 방향으로 걸어가기 위해 뇌 속의 장소 세포가 매 순간 정확한 위치 정보를 제공해 줘야 한다. 단 몇 분 동안 벌어지는 상황임에도 이토록 많은 요소들이 맞물려 돌아가는데 하물며 인생 전체는 어떠하겠는가. 세상에서 가장 똑똑한 천재도 온전히 자신의 능력만으로 이 모든 것들을 통솔할 순 없다. 고난도 수학 문제를 푸는 동안 심장의 수축과 이완 속도까지 조절하진 못하니 말이다. 편의상 한 인생에 개입된 요소가 오천억 개라고 하자. 비유하자면 삶이란 각기 다른 악기를 든 오천억 명의 연주자들이 한데 모여 진행되는 오케스트라다. 그 어떤 인간도 지휘자의 역할을 맡기엔 턱없이 부족하다. 오천억 명의 연주자들을 빠짐없이 염두에 둔 가운데 가장 듣기 좋은 멜로디가 완성되도록 이끄는 건 순수의식만이 할 수 있다. 하지만 에고에 휩싸인 인간은 전체 음악이 들리는 마음의 귀가 아직 열리지 않았으므로 순수의식의 지휘 방식을 납득하지 못한다.

예컨대, '머니(Money)'라는 이름의 연주자와 '아너(Honor)'라는 이름의 연주자가 각각 트라이앵글과 심벌즈를 맡았다고 하자. 시공간을 초월한 순수의식이 작곡한 음악을 들을 수 없는 인간은 머니와 아너가 지금 당장 큰 소리로 연주하길 바란다. 하루라도 빨리 머니는 트라이앵글을 세차게 두드리고, 아너는 심벌즈로 챙챙 소리를 냈으면 좋겠다. 순수의식이 심혈을 기울여 작곡해 둔 곡의 전체적인 밸런스가 깨지더라도 머니와 아너를 전면에 내세우면 청중들은 눈살을 찌푸릴 게 분명하다. 듣기 거북한 소리들이 자아내는 불쾌한 느낌은 불운으로 변하여 다시 되돌아온다. 만족스러울 만큼의 돈과 명예를 얻더라도 오히려 독이 되든가 머지않아 모든 걸 잃게 된다. 지휘자를 믿지 못하고 막무가내로 고집부린 결과다. 물론 들리지 않는 음악의 완전성과 보이지 않는 지휘자의 선한 의도를 신뢰한다는 건 결코 쉬운 일이 아니다. 그러나 그토록 오랜 시간 돈과 명예를 추구해 왔음에도 인생이 불협

화음으로 가득한 악보와 같다면 천재적인 지휘자에게 도움을 요청해 보자.

다른 누군가를 위해 쓰여진 곡에는 트라이앵글과 심벌즈가 자주 등장하는 게 어울릴지도 모른다. 그렇다고 부드러운 선율의 첼로와 바이올린 연주가 중심이 되는 내 악보를 평가절하하진 말자. 순수의식이 이끄는 오케스트라의 연주가 끝났을 때 나 자신이 기립 박수 치고 싶은 곡은 내가 유일한 뮤즈인 곡이다. 우주에 단 하나뿐이자 완벽함 그 자체인 곡이 내 삶을 통해 연주되도록 허용할 때 완벽한 삶을 살고 싶다는 나의 오랜 소원이 이루어진다.

Part 2

인생의 역풍을 일으키는
에고를 잠재워라

1

비련의 여주인공

스스로 명령할 수 없는 자에게 자유란 없다.

-피타고라스-

베토벤의 운명 교향곡이 흘러나오는 가운데 바닥에 털썩 주저앉아 실컷 울고 싶을 때가 있다. 따스한 봄날의 햇살은 따갑게만 느껴지고 푸르른 잔디밭도 잿빛으로 보인다. 마음에는 시커먼 먹구름이 몰려와 한바탕 비를 뿌린다. 세상으로부터 무시받고 이용만 당하다가 한 번뿐인 인생이 끝나버리는 건 아닌지 두렵고 걱정스럽다. 허구한 날 한탄과 푸념을 반복하며 삶이 싱겁게 마무리될까 봐 무섭지만 할 수 있는 게 아무것도 없다. 불쌍하디불쌍한 처지를 비관하며 금방이라도 눈물이 쏟아질 듯한 표정으로 세상을 바라본다. 무탈하게 잘 먹고 잘사는 사람들 숲에 껴서 도대체 언제까지 유령처럼 떠돌며 살아야 할지 감도 안 잡힌다. 명치 쪽에 쌓여온 우울감이 깊은 한숨으로 터져 나온다. 누구라도 먼저 다가와 줬으면 좋겠는데 힘들수록 외로워지는 게 인간 사회의 불문율이다. 서글픈 일상이 내일도 모레도 반복될 텐데 체력은 이미 고갈됐고 정신은 한참 전부터 아득한 상태다. 애처로운 신세타령을 멈추고 싶어 마음속으로 간절하게 부르짖어 본다.

'오, 신이시여! 부디 저를 가엾게 여기시어 구원해 주소서.'

'커트! 훌륭한 연기였어요.'

어디선가 익숙하고도 낯선 목소리가 들린다. 자주 들어 본 듯하지만 처음으로 또렷이 자각한 터라 생경한 느낌도 든다. 귀가 아닌 마음의 청각으로 감지되는 그 목소리의 주인공은 영화감독으로 변신한 마음 에너지다.

인간 개체의 머릿속에는 아주 오래된 라디오가 하나씩 들어있다. 까마득한 과거에 만들어진 후 대대손손 전해졌다. 정지 버튼을 찾기 어려운 라디오와 함께 색안경도 물려받았다. 영화감독이 섭외한 이야기꾼 목소리가 라디오에서 흘러나오는 순간부터 그 색안경을 쓰게 된다. 선천적으로 내장된 라디오와 색안경의 종류에 따라 직면한 상황을 해석하는 방식이 사람마다 달라지며 인생의 중차대한 갈림길에서 각기 다른 의사결정을 내리게 된다. 영화감독의 성향이 긍정적이라면 밝은 레퍼토리의 이야기꾼과 같이 작업하고 투명한 렌즈가 끼워진 안경을 배우에게 씌운다. 반대로 과거에 겪은 시련으로 염세주의자가 된 영화감독은 비극적인 결말로 이끄는 이야기꾼을 내세우며 배우가 찌그러진 안경을 쓴 채 연기하도록 한다. 특히 피해의식이 심한 영화감독을 만날 경우 피해자 대 가해자 구도는 빠질 수 없다.

비관적인 영화감독이 시놉시스를 구성하는 과정은 어떨까? 모든 이야기는 '주인공이 무조건 피해자'라는 대전제에서 시작된다. 주인공을 피해자로 몰고 가려면 가해자의 존재가 필수적이다. 인정사정없는 악역을 캐스팅한 뒤 끔찍한 상황이 벌어지도록 연출해야 한다. 잘못 세워진 대전제 때문에 눈살을 찌푸리게 만드는 배역과 장면이 억지스럽게 삽입된 것이다. 이런 과정을 거쳐 완성된 시놉시스대로 어떤 사람의 인생 영화가 제작된다. "너는 피해자야!"라고 속삭이는 이야기꾼 목소리가 라디오에서 끊임없이 들려오고 울퉁불퉁한 안경 렌즈 탓에 상대방의 얼굴이 무시무시한 괴물처럼 일그러져 보이는 삶 속으로 빠져든다. 처음에는 세상을 올바르게 인식하지만 되풀이되는 라디오 재생 소리에 세뇌당하면 피해자용 색안경 렌즈가 왜곡시킨 그대로 세상을 바라본다. 객관적인 상황 판단력이 떨어지며 뒤틀린 시야로 관찰하고 반응한다. 피해 받았다는 걸 기정사실화해 둔 채 곳곳에 흩어져 있는 가해자를 찾으려고 태어난 사람처럼 언제 어디서든 가해자 색출에 열을 올린다. 약간의 피해만 입어도 상대방에게 악랄한 가해자 프레임을 덮어씌우고, 스스로 선택해서 자발적으로 도전한 일이 생각대로 풀리지 않으면 죄 없는 사주팔자까지 가해자로 여긴다. 심지어 더 훌륭한 길로 인도하려고 순수의식이 보내준 귀인조차 선량한 척하며 물밑 작업하는 사기꾼쯤으로 치부해 버린다. 타인의 의도를 곡해하여 발끈하기 일쑤다. 피해자 코스프레가 절정에 치달으면 주변 사람들은 극도의 정신적 피로감을 견디다 못해 끝내 화를 낸다. 사실 분노보다는 호소에 가깝지만 말이다. 그러나 자칭 피해자는 무자비한 사람들로 인해 동네북 신세가 되었다며 슬퍼한다. 온몸에서 방사되는 피해자 에너지는 작용 반작용 법칙에 따라 가해자 에너지를 끌어들인다. 즉 상대방으로 하여금 가해하고 싶은 욕구가 끓어오르게 만든다. 악역과 어울리지 않는 타인조차 강력한 마음 에너지에 휘말려 본의 아니게 가해자가 된다. 결국 실질적 피해를 입으며 인생 영화는 막을 내린다. 홀로 남겨진 비련의 여주인공 위로 핀 조명이 흐릿하게 떨어지면서.

사사건건 피해자의 눈으로 상황을 분석하며 가해 당한 기억만 쌓다가 간직하고픈 추억 하나 남기지 못하고 이 세상과 작별하는 비극적인 결말은 충분히 달라질 수 있었다. 만약 라디오에서 "당신은 지구별에 귀빈으로 초대된 VIP 여행자입니다."라는 안내 방송이 계속 흘러나왔더라면 분명코 지금과 다른 삶이 펼쳐졌을 것이다. 투명한 렌즈가 비춰주는 세상은 무한한 가능성과 기회로 넘쳐난다. 일그러진 렌즈가 왜곡하여 전달하는 바람에 매우 위험하거나 부질없게 보였을 뿐이다. 새드 엔딩(sad ending)으로 이끄는 라디오와 색안경의 존재를 알아차렸으니 이제는 변화할 때다. 시놉시스를 재구성해 후손들의 귀감이 될만한 매력적인 인생 영화를 남겨야 한다. 가장 먼저 피해자 프레임에서 벗어나는 것이 중요하다. 비교적 쉽고 간단하게 내가 피해자라는 생각의 틀을 깨트릴 수 있다. 당신이 태어났을 때부터 현재 시점까지의 일상을 1초도 빠짐없이 녹화했다고 가정하라. 그다음 녹화된 영상을 전 국민에게 보여주고 당신이 과연 논란의 여지 없는 진정한 피해자인지 냉철하게 평가받는 자리를 가진다고 상상해 봐라. 객관적으로 봤을 때 가해자로 살았던 장면들이 스크린 위에 상영되는 순간 쥐구멍이라도 찾고 싶을 것이다. 그 순간 피해자의 탈에 조각조각 금이 가기 시작한다. 오랜 시간 당신의 빛나는 얼굴을 가려왔던 그 탈을 벗게 되면 가해자와 피해자로 양분돼 있던 세상에서 풀려난다. 만물이 사랑으로 연결된 마음의 궁궐로 들어가 평화를 되찾게 된다.

지구별에 발 딛고 살아가는 모든 존재들은 무한한 사랑이 진두지휘하는 한 편의 영화를 찍기 위해 각자 위치에서 주어진 역할에 충실히 임하고 있다. 삼라만상이 함께 제작해 나가고 있는 이 거대한 영화가 명작으로 남도록 총감독의 커트 사인이 떨어지는 그 날까지 감동적인 연기를 펼쳐보자. 레디? 액션!

2

내면의 포악한 괴물

표현되지 않은 감정은 죽어 없어지는 게 아니다.
감정이 산 채로 묻히게 되면
훗날 더 괴상한 모습으로 다시 나타난다.

-프로이트-

　무의식이 정화되기 전까지 내면은 늘 전쟁터를 방불케
한다. 신경질적인 굉음과 함께 융단 폭격이 떨어지지만
도망갈 피난처도 없다. 잔뜩 겁에 질린 아이의 표정으로
발만 동동 구른다. 곤란한 문제가 발생했을 때나 일상이
무탈하게 흘러갈 때나 괴로움의 늪에서 허우적댄다. 밤
낮 가리지 않고 미확인 존재로부터 공격받는 듯하고 평화
로운 거리를 걷더라도 잠재우기 힘든 불안감에 시달린다.
마음 세상에 무관심하다면 단순히 우울한 심정이 만들어

낸 증상이라고 생각할 수 있다. 하지만 근본적인 치유를 위해서는 내면을 면밀하게 살펴봐야 한다. 공격이 주특기인 마음 에너지를 발견하고 다스릴 줄 알아야 무의식에 진정한 평화가 찾아오기 때문이다.

사람들은 흔히 외부 요인에 의해 심적 고통을 겪게 됐다고 말한다. "나의 기분이 불쾌해진 건 직장 상사의 노골적인 인신공격 때문이야."라며 바깥으로 시선을 돌린다. 타인에게 비난받기 전까진 아무렇지 않았는데 생전 경험해 본 적 없는 불쾌감이 갑자기 생겨났다고 믿는다. 그러나 당신을 집요하게 괴롭혀 온 그 불쾌감은 초면이 아니다. 직장 상사와 마주하기 훨씬 전부터 이미 당신 마음속에 들어있었다. 별 탈 없이 일상생활을 꾸려가는 와중에도 불쾌감은 계속 오르락내리락하지 않았는가. 그것이 바로 당신과 구면이라는 증거다. 설거지를 하다가 또는 침대에 누워 우두커니 천장을 바라보다가 갑작스레 불쾌해진다. 안 좋은 기억이 떠오른 것도 아닌데 마음속에서 다시 전쟁이 발발한다. 당신의 의사와 무관하게 전쟁을 일으키는 존재가 출몰한 것이다.

그 존재는 도대체 누구일까? 바로, 포악한 성미의 마음 에너지다. 충분히 길들이면 귀여워지므로 '포포'라는 깜

찍한 별칭을 붙여주도록 하자. 포포는 당신 마음 한구석에 집을 짓고 산다. 포포의 유일한 취미는 이유 없이 괴롭히기다. 새끼 강아지가 재미 삼아 장난감을 물어뜯는 것과 비슷하다. 심심할 때마다 집 밖으로 나와 당신의 머리와 심장 주변을 빙글빙글 돌면서 툭툭 친다. 약간 짜증스러울 순 있지만 놀이의 일환으로 받아들이면 그만이다. 이때 포포에게 관심과 사랑을 줘야 구김살 없이 유순하게 자란다. 인격적인 대우를 받으며 성장한 포포는 훗날 당신 인생의 든든한 버팀목이 된다. 하지만 포포의 존재를 깡그리 무시하면서 짜증부터 내면 삶이 꼬여버린다. 당신이 바깥세상으로 나가 짜증 유발 원인을 찾아다니는 동안 포포의 덩치는 하루가 다르게 불어난다. 감당하기 힘들 만큼 몸집이 커진 포포는 당신의 의식을 끌고 다니면서 대수롭지 않은 상황에서도 두려움과 공포심을 느끼게 한다. 쉽게 해결 가능한 어려움 앞에서 필요 이상으로 머리가 새하얘지고 상대방의 무심한 눈빛만 봐도 벌벌 떨린다. 포포가 만들어 낸 가상의 감정일 뿐인데 그 사실을 자각하기 어렵다. 자칫 피해망상에 빠져 주변 사람들을 원망하거나 정신적인 질병이 생겼다고 판단해 병원을 찾는다. 그러나 문제의 원인과 해결책을 외부에서 찾으면 결국 원점으로 돌아온다. 잠깐 동안은 호전되는 듯하다가 괴로움의 구렁텅이로 순식간에 빨려 들어간다. 눈에 보이는 것들이 해결해 줄 수 있는 건 얼마 없다. 비가시적인 영역에서 발생한 괴로움을 가시적인 수단으로 처리하는 척할 뿐이다.

포포는 육안에 보이지 않는다. 그렇다고 끈질기게 공격하는 포포를 내버려 둘 수도 없는 노릇이다. 물질 세상과 마음 세상의 가교인 '느낌'을 통해 포포에게 접근하여 차근차근 달래야 한다. 다음의 사례와 함께 좀 더 구체적으로 살펴보자. 어떤 사람이 무례한 언행을 일삼아 기분 상했다고 하자. 그 순간 포포의 집이 건드려지면서 포포가 집 밖으로 뛰쳐나온다. 목숨이라도 위협받은 것처럼 굉장히 거센 감정이 치솟는다. 강하게 몰아치는 마음 에너지가 온몸을 휘감으며 그 사람에게 당한 만큼 되갚아 주겠다는 생각이 두뇌를 장악한다. 머릿속에 떠오른 대로 곧장 복수의 칼날을 간다면 포포의 존재를 망각한 것이다. 관성에 의해 또다시 외부로 향하려는 시선을 붙잡아 내부로 돌려야 한다. 상대방에게 어떤 식으로 반응해야 할지 고민하기보다 모든 일의 근간이 되는 내면부터 면밀히 살펴보는 게 장기적으로 더욱 유용하다. 수면 위로 드러난 상황만 보면 그 사람의 언행이 당신을 괴롭게 만들었다. 이성적으로 반박의 여지 없는 인과관계다. 그러나 무의식의 주인에게 필요한 건 논리가 아닌 마음 에너지를 다루는 능력이다. 똑똑하다며 으스대는 두뇌 활동을 잠시 멈추고 오직 느낌으로 접근할 때 조금씩 실마리가 풀린다.

이 세상에서 당신을 괴롭힐 수 있는 유일한 가해자는 포포다. 살면서 겪어왔던 일련의 사건들이 기존에 없던 괴로움을 새롭게 불러일으킨 게 아니라 그 사건들이 포포를 자극했을 뿐이다. 만약 포포가 당신 내면에 거주하지 않았다면 어떤 일이 발생하든 부드럽게 넘겼을 것이다. 이것은 마치 지나가던 누군가 실수로 빈 컵을 쓰러뜨렸을 땐 쏟아질 물이 없으므로 문제가 커지지 않는 경우와 같다. 컵을 건드린 상대방의 행위는 동일하나 컵에 담겨있던 물의 양에 따라 사건의 경중이 달라진다면 문제의 핵심은 물의 양이지 컵을 건드린 행위가 아니다. 다시 앞의 상황으로 돌아가 보자. 주변 사람의 발언을 듣고 불쾌감이 올라왔을 때 즉흥적으로 대응하지 말고 전체적인 상황을 차분히 관조해야 한다. 일단 감정의 소용돌이 중심에 포포가 있다는 걸 명심하도록 하라. 그 사람에게 어떻게 대꾸해야 속이 시원할까 골몰하는 대신 포포의 행적을 따라가며 어떤 식으로 나를 괴롭히는지 느껴본다. 연기처럼 둥둥 뜬 채로 온몸을 휘젓고 다니면서 심장을 옥죄기도 하고 눈이 빠질듯한 통증을 유발하기도 한다. 특정인에 대한 모든 원망과 분노를 내려놓고 오직 포포에게만 집중해라. 포포의 존재가 선명히 느껴질수록 온갖 괴로움의 원인은 외부에 있다는 믿음이 서서히 깨지기 시작한다. 그러면 포포가 당신의 의식 안으로 들어오게 된다. 즉 통제 가능해진다. 타인에게 공격받았다는 생각에 휩쓸려 분별없이 화내거나 으름장 놓는 일이 사라진다. 그 대신 객관적으로 상황을 인식하고 적절한 대응책을 강구하게 된다.

내면의 가해자인 포포에게 지속적인 관심을 쏟아부으면 포포는 점차 사랑의 존재로 변해간다. 그 결과 내면을 전쟁터로 만드는 데 쓰이던 마음 에너지가 발전적인 방향으로 흘러든다. 이로써 무의식과 평화 협정이 맺어지고 전쟁터였던 내면은 꿈이 실현되는 창조 공간으로 멋지게 탈바꿈한다.

••• 3 •••

피해자 메리트

당신이 태어난 날부터 취해왔던 일련의 행동들은
무언가 원하는 게 있었기 때문에 행했던 것들이다.

-앤드류 카네기-

백설공주가 오래도록 사랑받는 동화 속 주인공이 될 수
있었던 이유는 무엇일까? 독이 든 사과를 건넨 나쁜 마녀
가 악역을 맡아줬기 때문이다. 어둠 속의 빛이 가장 환하
게 보이는 법이다. 어떤 연극을 제작할 때 백설공주라는
캐릭터가 천사표로 부각되려면 아주 못된 인상의 악역이
필요하다. 그래야 백설공주 옆에 마녀가 서있기만 해도
관객들은 본능적으로 백설공주 편을 들고 싶어 한다. 악
과 대비되는 선만큼 인간의 마음을 사로잡는 것도 없다.

무고하게 당한 피해자로서 독 사과를 먹고 바닥에 쓰러지면 여기저기서 안타까운 탄식이 쏟아진다. 악독한 마녀를 맹비난하며 따스한 위로의 말과 함께 백설공주에게 힘을 북돋아 준다. 가해자인 마녀는 한 번도 받아보지 못한 사랑이 백설공주한테만 집중적으로 쏠린다. 이 광경을 목격한 관객들 중 일부는 이렇게 생각한다. '피해자가 되면 그토록 바라던 사랑을 받게 될지도 몰라.'

부모를 통해 정상적인 형태의 사랑이 무엇인지 경험해 본 적 없는 사람은 엉뚱한 상황에서 사랑을 느낀다. 남들의 놀림거리가 되거나 가엾은 신세로 전락했을 때 묘하게 만족스러운 감정이 찾아온다. 아무리 매정한 부모일지라도 그들 곁에 남고 싶다는 일념 하나로 오랜 시간 피해자를 자처하다 보면 현재의 처지가 편해진다. 특히 그악스러운 생존 욕구와 결합될 경우에는 피해자 위치를 집요하게 이용한다. 꽤나 매력적인 '피해자 메리트'가 존재하기 때문이다. 삶 속에서 이따금씩 피해 보는 건 불가피하지만 고질적인 피해자로 산다면 스스로 원했던 결과일 수 있다. 표면적으로 피해자가 되기 싫다고 생각하는 것은 무의식이 내는 진실의 소리를 덮어두는 수단에 불과하다. 한 사람 속 두 존재가 동상이몽을 꾸고 있을 줄 상상이나 했겠는가. 괴롭다고 말하면서 적극적인 변화를 추구하지 않을 땐 분명한 메리트가 존재한다는 의미다. 피해자로 살면 어떤 점이 좋을까?

먼저 가해자에게 모든 책임을 떠넘길 수 있다. 극히 예외적인 사례를 제외하고 어떤 문제든 개인의 부족함에서 비롯된다. 평상시 잘 숨겨뒀던 무지와 어리석음이 특정 사건에 의해 드러났을 뿐이다. 물론 불순한 의도로 일을 꾀한 가해자가 잘못한 건 맞다. 그러나 매 순간 경솔하게 행동하고 자아성찰을 게을리해 온 피해 당사자의 탓도 있다. 하나부터 아홉까지 가해자 잘못이더라도 마지막 열 번째 원인은 본인 안에서 찾아야 한다. 뼈 아픈 시련 중 일부는 분명 자신의 열등함에 기인한다. 이 사실을 받아들이는 게 여간 어려운 일은 아니다. 이왕 피해당한 김에 전적인 피해자가 되는 쪽이 차라리 마음 편하다. 인생의 실패자가 된 이유는 다름 아닌 저 사람 때문이라고 주장함으로써 나의 시선과 남의 시선을 가해자에게만 고정시킨다. 들추기 싫은 무능하고 열등한 모습을 가리기 위함이다. 개중에는 이번 사건과 아무런 관련 없는 일까지 끌어들여 피해 범위에 넣기도 한다. 과거에 대한 끝없는 후회와 자책이 힘들어 외부적 책임 소재가 필요하던 찰나 때마침 타인이 가해한 것이다. 지난날의 과오를 모조리 청산하려고 하나의 쓰레기통에 지나치게 많은 쓰레기를 눌러 담는다.

다음으로 피해자의 탈을 쓰고 남들을 은근히 가해하면서 살 수 있다. 타고난 카르마 내지는 유년 시절 입력된 경험 정보로 인해 강한 공격성이 생긴 경우 어디론가 발산하지 않으면 괴로워서 견디기 힘들다. 사납게 으르렁대는 마음 에너지를 지금 당장 처리하고 싶은데 내세울 명분이 없어 고민스럽다. 이때 주로 사용하는 것이 피해자의 탈이다. 단순히 공격하고 싶어서 공격했다고 말하면 세상으로부터 지탄받을 게 분명하니 공격할 수밖에 없는 상황이었다고 둘러댈 핑곗거리가 필요한 것이다. 주변 사람이 자그마한 빌미만 제공해도 얼른 피해자의 위치에 선다. 피해자가 됐다는 이유만으로 상대방을 마구 공격할 자격이 부여된 게 아님에도 스스로 그렇다고 단정 짓는다. 약간의 잘못을 꼬투리 잡아 여태껏 쌓아둔 화기를 최대한 풀어낸다. 불쌍한 피해자니까 어떻게 행동해도 무조건 이해하라는 무언의 압박과 함께. 마치 무소불위의 권력자가 된 듯 평소 분출하고 싶었던 감정까지 덧붙여 우회적으로 가해한다. 실컷 화풀이하다가 누군가 비난하면 피해자라는 카드를 내밀면 되니 일석이조다.

하나씩 나열하다 보면 끝이 없을 정도로 피해자라서 누릴 수 있는 메리트가 생각보다 많다. 부아가 치밀고 억울하지만 피해자 메리트의 달콤함을 여러 번 맛보면 중독되기 쉽다. 당하는 횟수가 늘어날수록 굴욕감은 꽤 견딜 만해지는 대신 피해자 메리트의 당도는 점점 높아지므로 변화의 필요성을 느끼지 못한다. 피해자 신세에서 벗어날 기회가 와도 왠지 거부감이 들고 불안해진다. 피해자 타이틀을 내려놓으면 존재의 본색이 가감 없이 드러나기 때문이다. 머릿속에서 '피해자'라는 단어를 지우는 순간 원래부터 못나고 부족한 자아와 똑바로 마주해야 한다. 내면은 분노로 가득하지만 올바른 방식으로 정정당당하게 화낼 자신이 없어 피해자의 탈을 집어 드는 비겁함도 선명하게 보인다. 지옥을 통과해야 천국의 문이 열리듯 인정하고 싶지 않았던 모습을 끄집어낼 때 존재의 근본적인 변화가 일어난다. 숨기고 싶은 것이 사라지니 마음 깊숙한 곳에서부터 떳떳한 느낌이 샘솟는다. 단, 천국에 도달할 때까지 인내했다는 전제하에.

피해자 메리트 중독자들은 심각한 금단 증상을 겪는다. 끝내 괴로움을 참지 못하고 또다시 피해당할 만한 상황 속으로 스스로 뛰어든다. 뻔히 불행이 예견됨에도 포악한 성격의 애인과 사귀거나 위험한 줄 알면서도 대출금을 몽땅 주식에 투자한다. 언젠가 남 탓, 세상 탓으로 끝날 비극은 그렇게 시작된다. 주변 사람들의 조언은 절대 듣지 않으며 기어이 피해자가 되기 위해 백방으로 애쓴다. 잠깐의 도피를 위해 손댔던 피해자의 탈은 어느 순간부터 가면이 아닌 실제 피부처럼 느껴지고 떼어내야겠다는 생각조차 하지 못하게 만든다. 그 결과 피해자의 눈으로 관찰하고, 피해자의 두뇌로 해석하고, 피해자의 입으로 말한다. 일상에서 벌어지는 모든 일들이 가해처럼 보이는 망상까지 생긴다.

예를 들어, 어린아이들이 식당에서 소란스럽게 떠든다고 하자. 피해자의 탈을 쓴 사람은 항상 다른 손에 가해자의 탈을 들고 있다. 경미한 자극만 생겨도 그 가해자의 탈을 상대방에게 덮어씌우기 위해서다. 즉 이분법적으로 생각한다. 세상 사람들을 오로지 피해자 아니면 가해자로 분류한다. 대부분 피해자를 자처하므로 웬만한 상대방은 가해자로 간주한다. 평화로워야 할 식사 시간을 망쳐버린 아이들은 가해자고, 소음 속에서 밥을 먹게 된 자신은 피해자라고 여긴다. 단지 해결해야 할 작은 문제가 발생했을 뿐인데 습관적으로 피해자 대 가해자 구도를 만든다.

그런 다음 자의적인 해석에 따른 억울한 피해자로서 평소 누군가의 기분을 불쾌하게 만들고 싶었던 비정상적인 욕구도 충족시킬 겸 후회 없이 화를 낸다. 더 깊은 지옥으로 들어가는 중인데 혼자 흡족한 표정을 짓는다.

피해자 메리트가 존재한들 그 결말은 불 보듯 뻔하다. 동정조차 받을 수 없는 인격의 소유자가 되어 산산조각 난 인생을 붙잡고 애달파 할 것이다. 사실, 피해자가 됨으로써 얻을 게 있다고 믿는 존재는 진정한 사랑을 경험해 보지 못한 내면 아이다. 어린 시절 우주와 다를 바 없는 부모 곁에 남으려고 묵묵히 피해자로 살아온 그 아이가 수십 년 뒤 어른이 됐을 뿐이다. 피해자 위치에서 벗어나는 건 부모와의 헤어짐을 의미한다고 생각했던 내면 아이의 믿음이 뿌리 깊게 박혔던 결과다. 세상 사람들은 어리석고 비겁하다며 손가락질하겠지만 피해자의 첫 번째 메리트는 부모의 사랑이었기에 그토록 벗어나기 어려웠던 것이다. 이런 사실을 자각한 순간부터 피해자 메리트는 허상에 불과했음을 깨닫게 되고 이분법적인 사고체계도 허물어진다. 피해자와 가해자가 아닌 사랑으로 하나 된 우리의 기쁨을 누리면서 순수의식이 선사한 사랑 메리트에 푹 빠지게 된다.

*** 4 ***

귀족과 노비

아무것도 결핍되지 않았다는 사실을 깨달으면
온 세상이 당신 것이 된다.

-노자-

백여 년 전 신분 제도는 폐지됐다. 그러나 수천 년 넘게
이어져 온 신분 제도의 영향력은 마음 에너지 형태로 무
의식에 잔류한다. 유구한 세월 동안 뼛속 깊이 새겨진 고
정관념과 느낌은 쉽게 벗겨지지 않는다. 한 세대만 봐도
우울한 부모 아래 우울한 아이가 자라나고 행복한 부모
아래 행복한 아이가 자라날진대 조상 대대로 누적되어 온
마음 에너지가 얼마나 큰 영향을 미치겠는가. 아득히 먼
옛날, 권세 등등한 귀족으로 살았던 조상과 누군가의 소

유물에 불과한 노비로 살았던 조상의 육신은 이미 흙이 되었지만 그들이 삶 속에서 품었던 생각과 감정은 후손의 몸에 고스란히 담긴다. 자유로운 결혼과 출산으로 인간의 무의식은 여러 번의 합성 과정을 거쳐왔다. 그 결과 모든 사람의 무의식에는 귀족의 마음과 노비의 마음이 공존한다. 하지만 그 비중은 천차만별이다. 귀족의 마음이 지배적인 경우도 있고, 노비의 마음에 장악당한 경우도 있다. 사회적 잣대에 따른 지위 고하와 무관하게 실질적인 귀족 또는 노비로 산다. 상당한 자산가임에도 여전히 남의 것을 탐하며 거지처럼 굴기도 하고, 기본 생활이 가능한 이상 군주의 마음으로 주변 사람들을 챙기며 존경스러운 리더십을 발휘하기도 한다. 법적으로 폐지된 신분 제도가 마음 세상에 여전히 존속 중인 것이다. 불행히 노비의 굴욕감과 서러움이 귀족의 만족감과 여유로움보다 훨씬 깊고 넓게 스며든 탓에 스스로를 귀족보다 노비로 여기며 사는 사람들이 압도적으로 많다.

무의식 차원의 노비는 작은 것 하나도 제대로 누리지 못한다. 특히 무언가 소비할 때 노비 근성은 극에 달한다. 대형 백화점 문을 조심스럽게 열어젖히고 살금살금 내부로 들어간다. 평균 이상의 월 소득을 벌어들이지만 아직도 말쑥한 분위기의 건물이 어색하게 느껴진다. 이리저리 배회하는 시선을 겨우 바로잡고 한 걸음씩 내디뎌 본다. 껄끄러운 관계의 지인 집에 방문한 기분이다. 느긋하게 구경하지 못하고 흘깃흘깃 훑어보고 만다. 자세히 살펴볼 용기가 나지 않는다. 진열된 거의 모든 물건들을 구입할 수 있음에도 그에 적합한 주인은 따로 있는듯하다. 공식적인 규율은 없지만 몇 가지 자격 요건을 더 갖춘 뒤 재방문해야 할 것 같다. 멋스럽게 재단된 옷들은 우아한 분위기의 유명인에게나 어울려 보인다. 설령 돈을 지불하고 구매한들 왠지 남에게 빌려온 느낌이다. 표면적으로는 분명 내 것이 되었으나 당당하게 내 것이라고 주장하질 못하겠다. 소유당하는 데만 익숙한 노비 에고가 나를 대신해 쇼핑하면 그와 같은 결과가 도출된다. 정당한 대가를 지불하고도 무언가 소유하는 게 죄악처럼 다가온다. 그 어떤 걸 내주어도 절대 탈피할 수 없었던 신분의 족쇄가 오늘날까지 무의식에 채워져 있는 것이다.

노비였던 조상이 남긴 마음 에너지는 상대방의 무시에 둔감하게 반응하도록 만든다. 즉 하대받을 때 발생하는 심적 고통의 역치를 높인다. 조롱이 조롱인 줄도 모르고 공격이 공격인 줄도 모른다. 어지간한 독설에는 미련할 정도로 입을 꾹 다물고 있다. 우직하거나 수더분해서가 아니라 감각이 전체적으로 무뎌진 상태일 뿐이다. 어느 수준부터 속상하다고 말해야 할지 주체적으로 판단하는 걸 어려워한다. 참다 보면 해결될 거라고 생각하거나 끝내 해결되지 않아도 하는 수 없다고 여긴다. 현재 기분이 나쁘다는 사실보다 기분을 표출할 자격의 유무부터 따진다. 대부분 그럴 자격이 없다고 결론지으며 아무렇지 않은 척하다가 실제로 아무렇지 않게 된다. 물론 억누른 마음은 사라지는 게 아니라 무의식으로 들어가 노비 에고를 한층 더 강화시킨다. 마비된 감각은 더 이상 자존감 방패 역할을 수행할 수 없다. 현 상황이 불러일으키는 감정을 제때 감지하지 못하므로 현대판 노비처럼 취급당해도 무덤덤하게 반응한다. 결국 불쾌한 언행이 집중적으로 몰리는 과녁 신세를 면하기 어렵다. 하인 앞에서 멋대로 구는 양반들과 흡사하게 주변 사람들의 행태가 점차 변해간다.

　노비 에고는 인간을 지배하지 않으면 지배받는다고 생각한다. 수평적인 관계가 어떤 것인지 경험해 본 적 없으므로 모든 사람들을 위아래로 나눈다. 휘두를 대상과 복종할 대상이 분명해져야 비로소 안심한다. 자신보다 강한 존재 앞에서는 지나칠 정도로 비굴하게 군 다음, 그때 생긴 모욕감을 약자에게 푼다. 한 번쯤은 어디 가서 양반 행세해 보고 싶었던 것이다. 아무도 강요한 적 없음에도 스스로 노비처럼 움츠러들고선 머지않아 울화병에 걸린다. 무얼 하든 굴욕적인 기분이 들어 그 감정의 폭탄을 남에게 넘기고 싶어 한다. 배우자나 자식만큼 만만한 대상도 없으므로 가족을 타깃으로 삼는 경우가 많다. 눈에 불을 켜고 작은 트집이라도 잡아 자신의 굴욕감을 떠넘기려 한다. 상대방을 수치스럽게 만들었다고 감정의 폭탄이 옮겨진 게 아님에도 잠깐의 거짓 만족을 위해 주변 사람들을 못살게 군다. 평생을 함께할 소중한 가족이 아닌 비천한 노비의 혈육으로 바라보기 때문에 구성원의 인격을 존중할 줄 모른다. 아군은 노비 취급하고 적군은 양반 취급하며 자멸의 길로 들어선다. 지배당하는 상황에 대한 두려움이나 거부감이 병적 수준까지 커지면 막강한 권력을 잡아야만 겨우 진정된다. 사회적 관습에 따른 계층 피라미드의 맨 꼭대기 자리를 신성시하며 오로지 이기기 위해 산다. 작은 일조차 양보하는 법이 없고 명백한 패배도 받아들이지 못한다. 어떤 모임에 참석하든 내가 여기서 가장 낮은 신분이 아니라는 걸 증명하느라 주야장천 근거를 제시한다. 어느새 대화 분위기가 경쟁 구도로 바뀌고 공격과 방어만 오가다가 짜증스럽게 헤어진다. 자꾸 노비 같은 기분이 드니 남들로부터 노비가 아니라는 걸 확인받고 싶은 것이다. 그럴수록 무의식 속 노비의 모습이 남들 눈에 더욱 선명하게 보이는데 말이다.

신분 제도는 아직 사라지지 않았다. 무의식에 잔존하는 이상 물질 세상의 법적 폐지는 별다른 의미를 지니지 못한다. 형식적 평등으로 인해 노비 에고를 알아차리는 게 되레 어려워졌을 뿐이다. 외부적인 조건들이 귀족에 가까워졌다고 해서 정체불명의 통로로 풍겨나오는 노비의 기운까지 흐려지는 건 아니다. 검은색 셔츠에 하얀색 염료를 바른들 세탁 횟수가 늘어날수록 본래 색깔이 드러나기 마련이다. 꿈꾸던 색상의 원단으로 새 옷을 만들어 입어야 세탁할 때마다 염료가 빠질까 봐 걱정하지 않아도 된다. 인생에서 가장 중요한 건 집안의 역사적 뼈대가 아닌 그 집안을 타고 흐르는 마음 에너지다. 귀족처럼 치장한 노비도, 노비처럼 꾸민 귀족도, 그 신분을 결코 숨길 수 없다. 사람의 기운에는 오직 진실된 것만 실리기 때문이다. 기운이 흥해야 현실도 흥하는 법이다. 따라서 삶이 근본적으로 달라지길 바란다면 영혼의 신분을 바꿔야 한다. 서글픔에 익숙한 노비 에고와 귀족의 지위를 이용해 우월감을 억지로 짜내는 또 다른 노비 에고를 넘어 우주 유일의 참된 귀족, 순수의식의 사랑 그 자체가 될 때 신분 제도의 굴레에서 비로소 벗어난다.

5

악마의 속삭임

가장 위대한 지혜는
진정한 내가 누구인지 아는 것이다.

-갈릴레오 갈릴레이-

예고도 없이 머릿속에 불쑥 나타나 시끄럽게 중얼대는 그 존재는 과연 누구일까. 희망적인 꿈에 부풀 때마다 '제 발 네 주제를 생각해!'라며 기어이 낙담하게 만들고, 힘들 었던 기억에서 벗어나려 할 때마다 '그 사람을 절대 용서 하지 마. 용서하는 순간 네가 지는 거야.'라며 백해무익한 감정싸움을 부추겼던 그 존재 말이다. 내 머릿속에서 생 성되는 목소리라 나의 생각이 음성화됐다고 여기기 쉽지 만 마음을 고요히 가라앉히면 그 존재가 엄연한 타자였음을 알 수 있다. 머릿속 목소리의 볼륨이 워낙 커서 그동안 들리지 않았던 내 진심이 수면 위로 떠오르기 때문이다. 나의 진짜 생각을 발견하는 순간 여태껏 별 의심 없이 받아들였던 이런저런 이야기들이 누군가의 수다에 불과했음을 깨닫게 된다.

가령 무의식 가장 깊은 곳에서 '가족들과 행복하게 살고 싶어.'라는 진심의 소리가 들려왔다고 하자. 진심은 여러 가지 상반된 내용을 함께 담지 않는다. 행복한 가정을 꿈꾸는 동시에 풍비박산 나길 바라는 건 마음 세상의 원리에 반한다. 혼란과 모순은 한 사람이 지닌 서로 다른 에고들 간의 부딪힘으로 발생하는 것이다. 순수의식의 안내는 언제나 명료하고 분명하므로 인생계획표에서 솟아 나온 단하나의 진심만이 내 생각에 해당된다. '쌓아둔 재산도 별로 없으면서 어떻게 행복하겠다는 거야?', '유년 시절에 받은 상처가 많으면 정상적인 가정생활을 하기 힘들어.' 등등 진심을 보필하지 않는 여러 잡음들은 집 밖의 공사 소리 만큼이나 나와 무관하다. 목적지로 향해가는 선박과 사나운 파도는 한 팀이 아니다. 내 진심과 그것을 방해하는 요소 역시 마찬가지다. 같은 팀인 줄 착각한 나머지 파도를 선박에 태우면 모든 것이 물거품이 되고 만다.

실패와 성공의 공통점은 하루아침에 벌어지는 일이 아니라는 것이다. 인생의 갈림길을 만날 때마다 '이 정도쯤이야.'라며 이름도 성도 모르는 수다쟁이의 속삭임에 습관적으로 넘어간 결과가 쌓여 훗날 커다란 실패를 맛보게 된다. '집안 형편도 어려운데 도전은 나중으로 미루는 게 어때?' '늦은 나이에 새롭게 시작해 봤자 남들 뒤꽁무니만 쫓아가는 꼴이라고.' '괜히 죽기 살기로 노력했다가 실패하면 어떡할 거야?' '저렇게 잘난 사람은 너와 어울리지 않아.' '아무리 힘들어도 꾹 참기만 해.' 하루에도 수십 수백 번씩 떠들어 대는 그 존재를 '딘(Din)'이라고 부르자. 딘은 인격화된 마음 에너지이자 시시하고 재미없는 인생 제조기다. 이 세상에 태어날 때 그리 환영받지 못하고, 성장기 내내 부모의 어깨를 무겁게 하는 짐 덩어리 취급을 받으면 심한 죄의식과 더불어 딘이 생긴다. 감히 멋진 인생을 꿈꾸지 못하고, 감히 행복을 추구하지 못한다. 부모에게 쓸모없는 자식이었던 탓에 당당한 사회 구성원으로 살아갈 자격을 스스로 박탈해 버린다. 부모만큼 초라하거나 힘들게 살아야 한다는 무의식적 믿음이 딘의 목소리를 더욱 크게 만든다.

딘의 가장 큰 단점을 뽑자면 굉장히 무책임하다는 사실

이다. 에고를 포함하여 누구에게나 발언의 자유는 있다. 단지 입 밖으로 꺼낸 말에 대해 책임질 의무도 함께 지길 바랄 뿐이다. 중요한 의사결정을 앞두고 갑자기 나타난 딘은 다짜고짜 반대부터 한다. 왜 이 일을 포기해야 하는지, 왜 그런 꿈을 꿀 자격이 없는지, 왜 행복한 미래가 불가능한지 목에 핏대를 세우고 열변을 토한다. 그 누구보다 잘 알고 있는 나의 아킬레스건만 공략한다. 얼핏 타당해 보이는 근거들을 늘어놓으며 정신 차릴 틈도 주지 않는다. 속사포로 쏘아대는 통에 원래 품었던 소망조차 가물가물할 지경이다. 머릿속이 몽롱해지면서 어느새 "그래, 네 말이 맞아."라는 답변만 되풀이하고 있다. 딘의 격앙된 어조는 사람을 압도하며 심정적으로 위축시킨다. 목소리로만 협박하는 게 아니라 공포심과 두려움을 불러일으킴으로써 자신의 생각에 동조하도록 유도한다. 울며 겨자 먹기 식으로 딘의 지시를 따르다 보면 수십 년이 훌쩍 지나간다. 눈 깜짝할 사이 울적한 표정의 늙은이가 되어 삶이 내놓은 참담한 결과물들을 바라본다. 어찌 된 일인지 딘의 설명이 필요한 순간, 과거의 딘은 이미 사라지고 없다. 또 다른 딘이 나타나 "누가 그렇게 살래?"라고 비아냥거리다 이내 연기처럼 흩어진다. 인생 전체를 책임질 듯이 사사건건 참견하며 뭐든지 뜯어말리던 그때의 딘은 직접 찾아가 따질 수도 없는 곳으로 홀쩍 떠나갔다. 무차별적인 발언으로 기세를 꺾어놓고는 나 몰라라 하며 제 갈 길 간 것이다. 설령 우연히 딘과 마주친들 "나를 원망하는 이유가 뭐야? 내 말을 듣기로 결정한 건 너였잖아. 최종 선택권은 너에게 있었다고."라며 딘이 반박할 경우 말문이 턱 막힐 게 분명하다.

딘은 스쳐 지나가는 바람과 같다. 윙 소리를 내며 바람이 불 때 윙 소리에 담긴 의미가 무엇인지 파고드는 건 시간 낭비다. 바람이 부는 소리, 그 이상도 이하도 아닌데 말이다. 저만치 멀어진 바람이 남겨둔 소리를 붙잡고 살면 지금 이 순간 울려 퍼지는 진심의 소리가 들리지 않는다. 일시적인 것에 사로잡혀 영원한 것을 놓치는 즉시 인생의 나침반은 멈춰버린다. 엉뚱한 방향으로 나아가다가 엉뚱한 결말을 맞게 된다. 꿈이 이뤄지는 날까지 결코 사라지지 않을 그 진심의 소리에 귀 기울여라. 당신이 이 세상에 태어난 진짜 이유를 알고 싶다면.

6

애정결핍
사랑 뱀파이어

> 지옥이란 무엇일까?
> 사랑할 수 없는 괴로움 아닐까.
>
> -도스토옙스키-

어릴 때부터 애정결핍에 시달려 온 사람은 마음이 늘 허기져 있다. 굶어 죽기 직전이라면 음식물이 보이는 족족 누구 것인지 개의치 않고 손부터 뻗듯이 애정결핍이 매우 심할 경우 남에게 가야 마땅한 사랑을 아무렇지 않게 가로챈다. 배고프니까 무엇이든 먹을 자격이 있다고 믿으면서 닥치는 대로 빼앗는다. 애정결핍 에고의 마음 에너지가 순수의식의 사랑을 가로막고 있으므로 내면에서 자체 생성 가능한 사랑의 양은 극히 적다. 벼 한 포기나지 않는 논의 주인이 의식주를 해결하려면 남의 수확물에 눈독 들이는 수밖에 없다. 지금이라도 경작법을 깨우치면 될 텐데 당장의 굶주림이 괴로워 벼가 익을 때까지 기다리지 못한다. 한시라도 빨리 눈에 보이고 손에 잡히는 수확물을 획득하려고 온 동네를 동분서주하며 돌아다닌다. 옆집 이웃이 1년 내내 공들여 키워놓은 벼를 목격한 순간 그대로 돌진한다. 먹음직스러운 쌀알을 탈탈 털어 집으로 가져간다. 원래부터 본인 소유였던 것처럼 부농 행세를 하며 가난해진 이웃들이 우러러봐 주길 원한다.

애정결핍 에고도 별반 다르지 않다. 내면을 근본적으로 바꾸는 과정은 지난하기에 부족한 사랑을 쉽고 빠르게 얻으려 한다. 의식의 시선이 철저하게 외부로 향해있는 애정결핍 에고는 타인으로부터 사랑을 빼앗아 옴으로써 연명해 나간다. 주변 사람들이 상처받든 말든 세상의 관심과 인정은 오로지 자신만 받아야 한다고 여긴다. 막무가내로 대화의 주도권을 잡거나 조력자의 공까지 독식하려 든다. 미치도록 외롭고 헛헛해서 정신을 차리기 힘든 지경이라 '사랑 도둑질'에 대한 죄책감은 일절 없다. 그러나 이와 같은 애정결핍 에고에게 약간의 점수를 부여하고 싶다. 왜냐하면 어느 정도의 용기가 있어야 사랑도 과감하게 뺏기 때문이다. 소심한 척하며 슬며시 다가오는 사랑 뱀파이어가 때론 더 무섭고 유해하다.

마음의 힘이 매우 약한 사랑 뱀파이어는 남들의 비난을 견디지 못한다. 미움을 녹여낼 사랑 에너지가 턱없이 부족하므로 미움받는 순간 무너지고 만다. 절대 미움받아선 안 됨과 동시에 다량의 사랑을 수혈받아야 하니 실제 속마음은 꼭꼭 숨겨둔다. 착한 얼굴로 무장하거나 유쾌한 이미지를 구축하여 사람 좋고 욕심 없는 캐릭터를 연기한다. 언제 어디서나 친절하려고 애쓴 다음 집에 돌아와 씩씩거릴지언정 미움 방패막이를 절대 내려놓지 않는다. 진실된 사랑은 애저녁에 포기하고 누군가 자신을 격렬히 미워하지 않는다는 사실만으로 만족해 한다. 상대방의 기분이 상할세라 머리끝부터 발끝까지 배려심을 장착하고 기계처럼 상냥하다. 작위적으로 만들어 낸 밝은 표정 뒤로 딱딱하게 굳은 안면 근육이 두텁게 깔려있다. 사랑에 목마른 티를 감추려고 행동을 꾸미며 살다 보니 마음 에너지 통로가 군데군데 막힌다. 마음 에너지가 원활히 순환하며 온몸에 균일하게 분포할 때라야 심신이 안정된다. 본심을 숨기면 마음 에너지의 균형이 깨지면서 지나치게 힘이 들어가거나 지나치게 힘이 빠지는 신체 부위가 생긴다. 예컨대 어깨는 맥없이 축 늘어졌으나 입술은 하도 꽉 다물어 턱 근육이 불뚝 튀어나온다. 상황과 어울리지 않게 매우 당찬 목소리로 얘기하지만 눈빛엔 약자의 기운이 진동한다. 마음 에너지의 분포 형태를 도자기에 비유하자면 거북스러울 만큼 겉 표면이 울퉁불퉁하고 상당히 거칠다고 할 수 있다. 누구라도 맑고 투명한 사랑의 물을 담고 싶지 않아 보인다.

미친 듯이 사랑받고 싶지만 진심을 드러내 놓고 표현했다가 거절당할 경우 존재의 열등함과 마주해야 하는 고통을 피하고자 사랑 뱀파이어는 은근슬쩍 접근한다. 상대방이 알아차리지 못할 정도로 극소량의 호감을 표시한 다음, 기대했던 반응이 나오지 않으면 아무 일도 없었던 것처럼 시치미 뗀다. 심지어 자신한테조차 거짓말한다. '좋아해서 연락했던 게 아니라 주변 사람을 살뜰히 챙겼을 뿐이야.'라며 스스로 둘러댄다. 미움받거나 무참히 버려진 느낌에 집중하지 않으려고 허허실실거리는 태도로 일관한다. '나는 아무렇지도 않아!'라는 걸 직접 눈으로 확인하기 위해 쓸데없이 웃고 떠든다. 씩씩하게 살아가는 본인의 모습에 집착하면서 마음의 허기를 무시해 버린다. 괜찮은 시늉이라도 하지 않으면 사랑받지 못하는 현실이 너무 뼈아프게 다가오기 때문이다. 하지만 그럴수록 외로움만 깊어진다. 억눌린 마음 에너지는 어느 정도 축적되다가 바깥세상으로 새어나간다. 참다못한 애정결핍 에고가 존재감을 확실하게 드러내기 시작한 것이다. 가만히 앉아있기만 해도 외로움의 파동이 크게 일어 옆 사람까지 진 빠지게 만든다. 무의식 상태가 버썩 마른 스펀지와 같아서 타인의 에너지장과 중첩되는 순간 생기를 쭉 빨아들인다. 마음 센서가 발달한 사람은 그 즉시 자리를 피하지만 비교적 감각이 무딘 사람은 괜한 아량을 베풀다가 사랑 뱀파이어의 희생양이 되고 만다. 결국 공격적인 언행 하나 없이 주변 분위기를 초토화시킴으로써 억울한 외톨이로 남는다.

　모든 사람의 무의식 저 깊은 곳에는 순수의식이 개설해둔 사랑 통장이 있다. 지구별 여행에 필요한 경비가 담겨 있으며 입금 총액은 무한대이다. 필요할 때마다 그 통장에서 사랑을 인출하여 쓰더라도 잔액이 전혀 줄어들지 않는다. 고갈될까 봐 노심초사하면서 절약할 필요가 없으므로 인간의 마음을 한층 여유롭게 만든다. 그러나 내면에 위치한 사랑 통장의 존재 자체를 알지 못해 외부로 사랑을 찾아 떠나는 경우가 대다수다. 돈, 명예, 인기, 권력 등등 사랑의 그림자에 불과한 허상을 쫓아다니며 남과 나를 힘들게 한다. 사랑 그 자체가 아닌 사랑의 그림자를 손아귀에 넣겠다고 주저 없이 도둑이나 뱀파이어가 된다. 마음의 허기는 물질 세상에 드러난 것으로 절대 채울 수 없다. 순수의식에서 나온 완전한 사랑만이 내면의 변화를 이끌어 낸다. 애정결핍은 사랑 통장의 잔고를 확인하라는 안내 메시지일 뿐이다. 결코 수치스러운 일도, 부끄러운 일도 아니다. 이제부터라도 순수의식의 든든한 지원을 받으며 호화스러운 지구별 여행을 누려보자.

Part 3

내면으로 들어가
모든 답을 찾아라

1

기댈 곳 하나 없을 때

신과 함께 걷는 자는
반드시 원하는 목적지에 도달한다.

-헨리 포드-

숱한 우여곡절 속에서 산전수전 겪다 보면 물질적으로
든 정신적으로든 누군가에게 의지하고 싶은 마음이 커진
다. 윗사람 아랫사람 가릴 것 없이 약간이라도 기댈 수 있
다면 곧장 매달릴 태세다. 하지만 혜택받은 소수 집단을
제외하고 주변에 의지할 만한 대상이 있는 경우는 극히
드물다. 현실적인 도움을 얻긴커녕 힘들다고 솔직하게 털
어놓을 지인도 찾기 힘들다. 따뜻한 말투와 진심 어린 이
해 한 번이면 툭툭 털고 일어날 수 있을 것 같은데 세상

은 나를 투명인간 취급한다. 실의에 빠진 채 휴대폰을 만지작거리다 보면 든든한 부모님이나 배우자를 곁에 둔 사람들이 불현듯 떠오른다. 부럽다는 말조차 내뱉지 못할 정도로 숨이 꽉 막히고 뼛속 깊이 스며드는 외로움까지 더해진다. 입꼬리는 턱 끝에 닿을 듯 축 내려앉고 눈꺼풀은 힘없이 늘어진다. 부러움과 외로움이 합쳐져 눈덩이처럼 불어나면 탁한 마음 에너지가 두뇌를 집어삼킨다. 행동에 대한 통제력을 잃고 지푸라기라도 잡고 싶은 심정에 매몰된다. 앞뒤 맥락 없이 사방에 연락하며 의지할 수 있는 대상을 찾아다닌다. 불안감과 두려움이 두 눈을 가려 상대방의 입장이 잘 보이지 않는다. 마트에서 상품을 고를 때처럼 내 앞에 나타난 사람을 두고 하늘이 내려준 동아줄인지 썩은 동아줄인지만 살핀다.

조금이나마 너그러운 성품의 소유자와 인연이 닿으면 꿈에 그리던 구세주를 만났다고 착각한다. 한껏 흥분된 표정으로 지나치게 기뻐하며 불행의 서막을 스스로 연다. 그 사람과 가까워지는 순간부터 인생이 확연히 달라질 거라 믿는다. 무조건 붙잡아야겠다는 생각에 눈빛이 집착으로 번들거린다. 사나운 사냥개가 달려드는 듯한 공격적인 기운을 풍기면서 이런저런 부탁을 무차별적으로 하고,

여태껏 감당하기 어려웠던 감정 쓰레기들을 그 사람한테 마구 쏟아붓는다. 상대방이 볼 땐 마른하늘에 날벼락 같은 존재가 된 것이다. 평온한 일상을 침해받은 타인이 형식적인 작별 인사 한마디 없이 떠나간들 전혀 이상한 일이 아니다. 구세주라고 추켜세우는 속내가 뻔히 들여다보이기 때문이다. 결국 세상으로부터 버림받고 또다시 혼자 남는다. 고달픈 삶을 홀로 버텨낼 재간이 없어 한 번쯤은 누군가에게 기대고 싶었을 뿐인데 그 결과는 참담하다. 밤하늘의 은하수처럼 유려하게 흘러갔어야 할 인생이 왜 이렇게 주춤대는 걸까?

대다수의 사람들은 이 세상 어딘가에 신의 능력을 지닌 인간이 존재한다고 믿는다. 특히 부자나 유명인을 신의 반열에 올려놓고 그들과 가까워지면 초라했던 인생이 송두리째 변화할 거라는 기대를 갖는다. 삶이 힘겨울수록 근거 없는 환상을 품기 쉬운 탓에 판단력을 상실한 채 일단 성공한 부류에 매달리고 본다. 콩고물이 언제쯤 떨어질지, 얼마큼의 콩고물을 나눠줄지, 마지막 한 톨의 콩고물조차 죄다 가져갈지 알 수 없어도 그 주변을 떠나지 못한다. 잠깐이라도 마음을 고요히 가라앉힌 뒤 찬찬히 생각해 보자. 죽을 힘을 다해 노력했음에도 요지부동이었던 내 인생이 한 사람의 자비로움으로 바뀔 수 있을까? 일시적인 위안이 될진 몰라도 새로운 차원으로의 도약은 불가능하다. 천지개벽에 버금갈 만큼의 변화를 일으키려면 하늘과 땅을 품은 순수의식의 힘이 필요하다. 우주 전체가 움직여야 내 인생의 흐름이 바뀐다.

레오나르도 디카프리오 주연의 영화 〈타이타닉〉을 예로 들어보자. 당신은 관객석에 앉아 큼지막한 스크린에 비친 영화를 보고 있다. 남녀 주인공의 애틋한 사랑 이야기가 펼쳐지다가 여객선이 빙산과 부딪히며 분위기는 급속도로 전환된다. 치명적인 손상을 입은 선체에 물이 차기 시작하고 뱃머리 부분이 점차 물속으로 잠긴다. 한시라도 빨리 조치를 취하지 않으면 들어 올려진 선미의 무게를 이기지 못해 선체가 두 동강 나고 말 것이다. 이때 타이타닉호의 침몰을 막고 싶다면 당신은 어떤 선택을 해야 할까. 영화 속 등장인물에 불과한 레오나르도 디카프리오를 만나러 미국행 비행기를 타면 될까? 아니면 빔 프로젝터 소유자에게 해피 엔딩으로 끝나는 영상 파일을 재생해 달라고 부탁하는 편이 더 나을까. 답은 자명해 보인다. 현실 세계에서 타인의 도움만 바라보고 사는 건 스크린 속 잭 도슨(레오나르도 디카프리오의 극 중 이름)이 영화의 줄

거리를 바꿔줄 수 있다고 믿는 것과 다르지 않다. 정해진 각본에 따라 연기할 뿐인 배우들은 이야기의 큰 흐름을 바꿀 수 없다. 극 중 막대한 재산을 보유한 미국 최대 철강회사의 상속자인 칼리든 호클리조차 〈타이타닉〉의 결말을 달리하지 못한다.

인간의 삶은 우주에서 유일한 빔 프로젝터 소유자인 순수의식에 의해 상영되는 영화다. 프로젝터에서 방사되는 빛은 무의식에 담긴 마음 에너지로 만들어진다. 무의식이 부정적인 마음 에너지로 가득하면 우울한 영화가 상영되고, 긍정적인 마음 에너지로 가득하면 밝은 영화가 상영된다. 빨간 셀로판지를 렌즈 앞에 갖다 댈 경우 모든 장면이 빨갛게 보인다. 영화 속 등장인물더러 스크린 색상을 바꿔달라며 애원한들 빨간 셀로판지를 떼어내지 않는 이상 무의미한 노력이다. 당신의 눈앞에 펼쳐진 인생 영화가 슬프고 절망적이라면 스크린을 향해있던 고개를 뒤쪽으로 돌려 빔 프로젝터를 유심히 살펴봐야 한다. 즉 무의식 속 어떤 마음 에너지가 비극적인 장면을 반복적으로 연출하고 있는지 분명하게 알아차려야 한다. 예컨대, 절대 상처받기 싫어서 스스로 방어벽을 세우고 사람을 멀리하는 에고는 외롭게 남겨지는 장면을 계속해서 송출한다.

이때 인간관계로 인해 생긴 상처의 괴로움을 자각한 가운데 그것이 유발하는 느낌을 정화시키면 프로젝터에서 해당 내용은 제거된다. 잠시 후 꿈에 그리던 장면이 영상 파일에 새롭게 기록되며 사랑의 빛으로 가득한 홀로그램이 현실로 나타난다.

물질 세상에서는 누구나 기댈 곳 하나 없다. 인정이 메말랐기 때문이 아니다. 인간이 또 다른 인간에게 의지하려는 시도 자체가 헛된 일이기 때문이다. 밝은 영화가 상영되기 시작하면 여기저기서 도움의 손길을 내미는 인연들을 만나게 되지만 이와 같은 결과는 순수의식의 힘으로 가능해진 것이다. 따라서 사람의 형상을 한 구세주를 기다리며 인생 영화 속에서 허우적대지 말고 영사실로 들어가 삶의 문제를 근본적으로 해결하자. 운명의 지배자로서 홀로 우뚝 서는 그 날, 완전한 자유를 얻으리라!

2

당신을 미치도록
힘들게 했던 그 사람

타인을 비난하지 않는 습관을 들인다면
당신의 영혼을 사랑하는 능력을 갖게 될 것이다.

–톨스토이–

되도록 선량하게 살고자 했던 사람도 평지풍파를 겪다 보면 욱하는 마음이 생긴다. 나를 미치도록 힘들게 했던 그 사람을 억하심정에 '죽여버리고 싶다.'는 생각을 한 번쯤 갖기 마련이다. 생물학적으로 포유류에 속하는 인간인 지라 사나운 공격성이 불쑥 튀어나올 때가 있다. 예의 바르고 친절한 이미지를 구축해 둔 탓에 남들 앞에선 여전히 무던하게 행동하지만 마음속으론 '내 인생을 망가뜨린 그 사람을 확 죽여버릴까?'라며 등골이 오싹해지는 혼잣말을 내뱉곤 한다. 누구나 심정적인 벼랑 끝까지 몰리면 걷잡을 수 없는 증오심에 불타오른다. 회복하기 어려운 깊숙한 상처가 삶을 괴롭게 만들수록 극단적인 생각이 점점 커진다. 사회적 분위기상 누군가를 죽여버리고 싶다는 생각은 무조건 억누를 수밖에 없다. 자연히 좋은 사람인 척 연기하며 살게 되고 공격적인 마음은 무의식 속으로 들어간다. 어떤 마음이든지 내면에서 한번 일어난 마음은 절대 사라지지 않는다. 내가 원해서 그 마음이 나를 찾아온 게 아니듯 내가 거부한다고 그 마음이 나를 떠나가는 것도 아니다. 무의식에 잠겨있는 모진 마음을 끝내 외면하면 의도치 않은 불상사가 발생한다.

아무개를 죽여버리고 싶다는 생각은 '공격적 살기'를 품고 있다. 그 마음 에너지를 정화하지 않을 경우 언젠간 삶에 탈이 난다. 바지 주머니 속에 뾰족한 바늘을 잔뜩 넣고 다니면서 무탈하길 바라는 건 어불성설이다. 에너지장 안팎으로 삐죽빼죽 돋아난 공격적 살기는 어디로든 향한다. 평범한 말과 행동에도 대거 실려나간다. 별 의도 없이 "밥 먹었어?"라고 물어봤을 뿐인데 상대방으로 하여금 말 속에 가시가 꽂혀있는 것처럼 날카롭게 느끼도록 만든다. 자신 안의 공격적 살기를 마지못해 눌러두면 일상적인 대화조차 두려움을 유발한다. 한 공간에서 이야기를 나누는 것도 공포스럽게 다가온다. 마음의 귀가 완전히 열리기 전까지 표면의식으로 자각하진 못하겠지만 상대방의 무의식은 "밥 먹었어?"라는 말을 "너를 죽여버릴 거야!"라고 받아들인다. 머릿속 의도와는 전혀 무관한 문제다. 마음 세상에서 인간의 무의식은 하나로 연결돼 있으므로 공격적 에고의 혼잣말이 은연중에 전달된다. 직감적으로 위험을 감지한 상대방은 다소 경직된 표정으로 황급히 자리를 뜨려 한다. 내 입장에서는 어안이 벙벙할지도 모른다. 말의 내용상 아무런 문제가 없었기 때문이다. 하지만 나도 모르게 엄청난 양의 공격적 살기를 자잘하게 쪼개서 사방에 뿜으며 다니고 있음을 인정해야 한다.

방금 전 예시와 같이 공격적 살기가 외부를 향하는 경우도 있으나 내부로 표출되는 경우도 적지 않다. 종로에서 뺨 맞고 한강에서 눈 흘기듯 타인한테 해대지 못한 가학을 나 자신에게 푼다. 가령 회사 업무를 하다가 자그마한 실수를 저질렀다고 하자. 주변 동료들은 대수롭지 않게 여김에도 스스로 구박하기 시작한다. '이럴 줄 알았어. 나 같은 존재는 그냥 죽어버리는 게 나아! 초보자도 손쉽게 처리하는 일을 여태 버벅대다니….'라면서 마구 화를 낸다. 누구라도 공격해야 직성이 풀릴 것 같은데 남들의 비난은 피하고 싶다 보니 가장 만만한 자기 자신을 제물로 삼는 것이다. 뿐만 아니라 내면의 생각과 감정도 마구 짓밟는다. 예컨대 '늦었지만 새로운 분야에 도전해 보고 싶다.'는 소망이 생겼다고 하자. 과감하게 꿈을 추구하든가 상황이 여의치 않다면 다음 기회를 엿보면 될 텐데 갑자기 신경질적으로 돌변한다. 곧장 아무 잘못도 없는 소망을 향해 온갖 악담을 퍼붓는다. '이제 와서 새롭게 시작하겠다고? 네 나이와 분수를 모르는 거야? 제발 정신 좀 차려! 답답해 죽겠네, 정말.' 어떤 생각과 감정이 떠오르든 편히 놔두질 않고 들들 볶는다. 이처럼 오랜 시간 억눌린 공격적 살기는 천지만물을 괴롭힌다.

더 이상의 폐해를 막으려면 내 안의 공격적 살기를 정화시켜야 한다. 무섭다고 자꾸 피하지 말고 그 마음을 있는 그대로 인정해 보자. 일반적으로 통용되는 상식과 달리 마음 세상에는 선악의 개념이 없다. 좋은 마음과 나쁜 마음이 따로 존재하지 않는다. 예를 들어, 부엌 도마 위에 브로콜리와 칼이 놓여있다고 하자. 여기서 브로콜리는 착한 채소이고 칼은 못된 물건인가? 브로콜리와 칼이 물질 세상에서 특정 행위를 하기 전까지 브로콜리와 칼은 엄연히 중립적인 존재다. 마음도 마찬가지다. 실질적인 피해를 입히지 않았다면 모든 마음은 수평선상에 놓여있다. 그러나 인간의 분별심 때문에 공격적 살기는 나쁜 마음으로 분류된다. 불현듯 '그 사람을 죽여버리고 싶다.'는 생각이 들자마자 화들짝 놀라며 꾹 참으려고만 한다. 마음은 그저 마음일 뿐인데 습관적으로 마음과 행동을 동일시한 결과다. 인정받은 마음은 결코 물질 세상에 해를 끼치지 않는다. '지금 내 마음이 그래.'라면서 허심탄회하게 받아들이다 보면 공격적 살기가 점차 수그러든다.

'죽여버리고 싶다.'는 표현은 자칫 오해를 사기 쉽다. 그 이면에 담긴 속뜻을 정확히 알아차려야 실마리가 풀린다. 우리는 실제로 끔찍한 사건을 일으키고 싶은 게 아니다. 단지 그 사람으로부터 자유로워지고 싶을 뿐이다. 더 정확히 말하면 그 사람이 나에게 남긴 상처로부터 깔끔히 벗어나 행복한 삶을 영위하고 싶다는 걸 다소 거칠게 표현한 것이다. 그 사람의 이름이 A인데 어느 날 불의의 사고로 돌연 세상을 떠났다고 가정해 보자. A의 죽음이 최종 목표였다면 나는 뛸 듯이 기뻐야 한다. 하지만 십중팔구 왠지 모를 허탈감이 몰려올 것이다. A의 육신은 내 삶에서 사라졌으나 A가 줬던 상처는 여전히 선명하게 남아있기 때문이다. 이로부터 알 수 있는 사실은 A의 존재 여부가 중요한 게 아니라 상처의 근본적인 치유가 핵심이라는 점이다.

미국의 유명 시인이자 사상가였던 랄프 왈도 에머슨은 "당신 자신을 제외하고는 그 누구도 당신 마음에 평화를 가져다줄 수 없다."고 말했다. 내가 받은 상처가 가장 필요로 하는 것은 나의 따스한 눈길이다. 공격적 살기에 가려진 아픔을 스스로 토닥여 주면 뾰족뾰족 날 섰던 마음이 한결 부드러워진다. 나의 내면을 들여다볼수록 내가 나쁜 사람이어서가 아니라 아픈 사람이어서 독기 가득한 생각을 품었다는 걸 알게 된다. 겉으로 드러난 마음의 외형만 보고 시시비비하기보다 그런 마음이 생겨날 수밖에 없었던 내 안의 슬픔을 어루만져 주자. 누군가를 죽이고 싶었을 만큼 너무나도 큰 상처를 받았던 나에게 "이젠 모든 것이 괜찮아질 거야."라고 속삭여 보자. 하염없이 쏟아지는 눈물 속에 강력한 치유력이 담겨 나올 것이다. 당신의 인생은 한낱 상처로 무너지게끔 설계되지 않았다. 지난날의 상처는 광대무변한 삶에 비하면 먼지 같은 존재다. 희뿌연 먼지 한 톨이 태양을 가려 영원한 어둠 속에 살지 않길 바란다.

3

사랑 자급자족의 미학

스승은 '밖'에도 있고 '안'에도 있다.
'밖'에서는 마음이 내면으로 향하도록 밀어 넣고,
'안'에서는 마음을 참나 쪽으로 끌어당겨
마음이 고요해지도록 돕는다.

–라마나 마하리쉬–

성인으로서 인간관계를 맺어나가다 보면 초등학교 시절 정성스럽게 써 내려간 손편지를 건네받은 친구의 천진스러운 미소가 문득 떠오른다. 현실적인 도움을 주지 못해도 나의 진심을 가치 있게 여겨줬던 그때 그 시절 인연들이 그립다. '어른'이라는 족쇄가 채워지니 내면에 엄청난 사랑이 꿈틀대고 있음에도 순수한 사랑을 선뜻 세상 밖으로 꺼내놓기 망설여진다. 사랑을 당당하게 표현하는 것조차 소수의 특권이 되어버렸다. 용기 내어 사랑을 전해보지만 "재산은 얼마 정도 보유하고 계신가요? 아직까지 별로 모으지 못하셨다고요? 그렇다면 당신의 사랑은 받지 않을래요. 진심으로 걱정돼서 드리는 말씀인데요, 상대방에게 실질적으로 줄 것이 하나도 없으면서 함부로 사랑을 표현하시는 건 예의가 아니에요. 앞으로는 성숙하게 생각하고 행동하셨으면 좋겠네요."라는 말이 마음의 귀에 들리는 듯하다. 아이처럼 시무룩해져서 내 사랑은 그 누구도 원치 않는다며 한탄한다. 밖으로 표출되지 못한 사랑은 몸에 켜켜이 쌓이고 누적된 마음 에너지가 단단하게 뭉치면서 심장을 옥죄기 시작한다. 얼마나 답답한지 "제발 내 사랑 좀 받아줘!"라며 고래고래 소리치고 싶을 정도다. 남들에게 사랑받지 못하는 것도 매우 괴로우나 사랑을 마음껏 발산하지 못하는 것 또한 무척이나 고달픈 일이다. 나는 어떻게든 사랑을 주려 하고 세상은 여러모로 부족한 나의 사랑을 철저히 차단하려 든다. 세상을 향한 열렬한 구애 작전은 보통 실패로 끝난다. 내 잘못도 아니고, 세상 잘못도 아니다. 단지 서로가 원했던 것이 달랐을 뿐이다.

순수의식에 의해 창조된 모든 인간은 누구나 순수한 사랑 에너지를 지니고 있다. 그 에너지가 자유롭게 분출돼야 삶이 즐거워진다. 그런데 에고의 논리에 따라 움직이는 물질 세상은 육신의 생존에 유리한 것들을 원한다. 돈, 인기, 명예, 외모 등으로 육신에 딸린 신경계가 자극되면 상대방의 존재를 가치 있게 여긴다. 반면 순도 높은 사랑은 영혼 차원에서 오고 가므로 오감의 쾌락만 즐기려는 사람에겐 별다른 감흥을 불러일으킬 수 없다. 한참의 시간이 흐른 후에야 본능적인 끌림에 의해 영혼의 안식을 찾으려 하겠지만 현시점에서는 동상이몽의 존재일 뿐이다. 그렇다면 나는 순수한 사랑을 들고 어디로 향해야 할까? 조건 없는 사랑이 흘러다니는 마음 세상으로 들어가야 한다. 마음 세상이라고 해서 과연 내 사랑을 받아줄 이가 있을까? 걱정은 금물이다. 치유되지 않은 상처를 끌어안고 내가 오기만을 손꼽아 기다려 온 내면 아이가 있으니.

브루스 립튼 박사의 연구 결과에 따르면 7세 이전에 형성된 무의식이 인생 전반을 결정한다. 쉽게 말해 내면 아이의 기분이 좋으면 구태여 애쓰지 않아도 매일매일 행복과 기쁨이 넘쳐나고, 내면 아이가 우울하면 성인이 된 후로도 계속 힘든 삶이 펼쳐진다. 일반적으로 내면 아이의 마음은 어둡고 쓸쓸하다. 의식 차원에서 봤을 땐 대부분의 양육이 나이만 많은 상처받은 아이가 또 다른 아이를 키우는 형국이기 때문이다. 충분히 성숙한 어른으로서 자녀를 사랑해 주지 않으면 무의식 속에 애정이 결핍된 내면 아이가 생긴다. 그 내면 아이는 마음 에너지 형태로 존재하며 현실 위에 전개되는 삶을 통해 자신의 심리 상태를 드러낸다. 손대는 일마다 어그러지고 만나는 인연마다 탐탁지 않다면 내면 아이에게 관심을 기울일 때가 온 것이다. 각박한 세상은 기꺼이 받아주지 않았던 나의 순수한 사랑을 속 시원히 분출할 절호의 찬스다. 그런데 내면 아이는 어떻게 만날 수 있을까? 혼자만의 공간에 조용히 앉아 내 이름을 다정하게 세 번만 부르면 울컥하는 느낌과 함께 내면 아이가 표면의식 위로 올라온다. 그 내면 아이는 잊고 지냈다고 생각했던 기억 속에서 이런저런 아픔을 끄집어내 나에게 건넨다. 오래된 아픔이 필요로 하는 건 오랫동안 참아온 사랑이다. 소심한 내면 아이가 조심스럽게 내비친 아픔에 아낌없는 사랑을 쏟아붓자. 그간 아무에게도 털어놓지 못했던 이야기도 들어주고, 어린 시절 실컷 부려보지 못한 어리광도 받아주자. 처음이자 마지막일지도 모른다는 생각으로 충분히 교감하면 내면 아이의 마음 에너지가 점점 밝아진다. 그에 비례하여 내 안의 사랑 에너지 역시 더욱 충만해짐을 느낄 수 있다. 왜냐하면 상처받은 내면 아이는 결국 나의 일부분이므로 내가 나에게 무한한 사랑을 준 것이나 다름없기 때문이다. 이렇듯 어른이 된 나와 아직 어린 내면 아이의 만남은 사랑 자급자족을 가능하게 한다.

더 이상 에고가 세워둔 잣대에 맞춰 굴러가는 물질 세상에서 타인의 사랑을 갈구할 필요도 없고, 남들에게 내 사랑 좀 받아달라고 애걸복걸할 필요도 없다. 물질 세상과 나의 관계는 나와 내면 아이의 관계를 그대로 비춰줄 뿐이다. 마음 세상에서 사랑을 최대한 표현하고 살면 자연히 물질 세상도 나에게 최고의 사랑을 내어준다. 그러나 이와 같은 사실을 망각한 채 마음은 물질 세상에서 구하고 물질은 마음 세상에서 구하는 경우가 종종 있다. 예컨대, 물질을 원하는 사람들에게 사랑받으려고 온갖 노력을 기울이는 반면 어떻게 해야 마음의 힘을 이용해 돈을 벌 수 있을지 고민한다. 이것은 마치 옷 가게에 가서는 돈을, 은행에 가서는 원피스를 달라고 요구하는 것과 마찬가지다. 은행에서 돈을 인출한 다음 옷 가게로 가서 원피스를 구매하는 것이 올바른 접근 방식인데 말이다. 다시 말해 마음 세상에서는 사랑 에너지를 충만하게 만드는 데 집중하고, 물질 세상에서는 사랑 에너지가 깃든 육신을 통하여 원하는 형태의 물질을 얻으며 살아가야 한다. 사랑에 대해 그 어떠한 아쉬움도 남아있지 않은 상태에서 물질 세상으로 들어가야만 현실을 편하게 대할 수 있다. 물질을 획득하지 못하면 사랑받지 못한다는 두려움으로부터 해방되기 때문이다. 그 결과 애정결핍으로 흐트러졌던 집중력이 올라가 이루고 싶은 목표에 몰두하게 된다.

사랑 자급자족에 성공한 사람에게 물질 세상은 재미난 놀이터이다. 진정한 사랑은 외부가 아닌 내부에서 나온다는 걸 확실히 깨달을 때 마음 세상과 물질 세상의 주인으로 거듭난다.

••• 4 •••

가족이 남긴 상처

미움은 미움으로 멈출 수 없다.
오직 사랑을 통해 잠재울 수 있다.
이것은 영원불멸의 진리다.

-붓다-

   각양각색의 인간들이 모여 밥 먹듯 상처를 주고받으며 사는 게 우리네 인생이라지만 가족이 남긴 상처만큼은 유난히 쓰라리고 아프다. 부모나 형제, 배우자 또는 자식으로 인해 생긴 과거의 상처가 현재의 행복까지 갉아먹는다. 가족만큼은 무슨 일이 있어도 내 편을 들어줄 거라는 기대가 와장창 무너질 때 나의 심장도 함께 부서진다. 가족의 공격과 배신이 주는 충격은 이루 형용할 수 없다. 똑같은 일을 타인에게 당했을 때보다 몇 배는 더 고통스럽다. 인생의 근간이 흔들리고 그 여파 또한 굉장히 오랫동안 지속된다. 천륜으로 묶인 가족의 연은 쉽사리 끊어지지도 않아 가슴에 깊게 새겨진 상처는 대개 평생을 따라다닌다. 더군다나 가족에게 치명적인 상처를 줄 만큼의 인격자라면 왜 미안한 일인지조차 이해하지 못하므로 나 홀로 속앓이만 하다가 끝나는 경우가 다반사다.

가족이 남긴 상처로부터 자유로워지려면 어떻게 해야 할까? 가족의 육신과 가족이라는 개념을 동일시하지 않는 게 가장 좋은 방법이다. 예를 들어 아버지의 폭언과 폭행으로 씻기 힘든 상처를 입었다고 하자. 폭언과 폭행 자체도 매우 괴로운 일이지만 그 행위의 주체가 아버지였다는 사실이 인간의 자존감을 바닥까지 추락시킨다. 아버지에게 사랑받는 존재가 그렇지 못한 존재보다 우월하다고 여기기 때문이다. 뿐만 아니라 보편적인 잣대에 비춰봤을 때 '아버지'라는 존재가 갖춰야 할 일련의 자격 요건들이 충족되지 않으면 나 역시 부족한 점 많은 인간이라고 믿어버린다. 유년 시절에는 특히 부모의 완전성이 곧 자신의 완전성과 직결된다고 생각한다. 아버지의 폭력성이 드러날수록 내 존재가 비천해지는 느낌을 받는다. 그러나 눈에 보이는 아버지의 육신이 저지른 행위를 다르게 해석

할 필요가 있다. 즉 아버지의 육신과 아버지라는 개념을 구분해서 생각해야 한다. 정화되지 않은 마음 에너지로 가득한 아버지의 육신은 여러 에고들이 사용하는 통로일 뿐이다.

이해를 돕기 위해 한 가지 비유를 들어보자. '아버지'라고 적힌 커다란 보따리 속에 수십 마리의 동물들이 떼 지어 산다고 하자. 그 동물들 중에는 사나운 호랑이도 있고, 온순한 사슴도 있고, 애교 많은 강아지도 있다. 덩치가 큰 동물일수록 보따리 속 생활이 답답하게 느껴지므로 자주 밖에 나와 돌아다닌다. 그러던 어느 날 내가 우연히 보따리 옆을 지나가고 있었는데 갑자기 튀어나온 호랑이에게 물렸다고 하자. 이때 나를 문 건 누가 봐도 보따리가 아닌 호랑이다. 여기서 '아버지'라는 단어는 개념에 해당되고, 보따리와 동물들은 각각 아버지의 육신과 에고들을 의미한다. 하지만 물질 세상에서는 앞선 비유처럼 개념, 육신, 에고가 가시적으로 분류돼 있지 않아 혼동하기 쉽다. 이 세 가지 대상을 하나로 묶어 동일시하면 마음의 상처가 더욱 깊어지고 내면 상태는 항상 불안정하다. 그 결과 성인이 된 후로도 아버지가 남긴 상처 속에서 허우적대며 살아갈 수밖에 없다.

아버지의 육신을 포함해 모든 인간의 육신은 특정 에너지장에 둘러싸여 있다. 각자의 에너지장은 그와 연결된 육신을 조종하는 리모컨과 같다. 순수의식의 무한한 사랑으로 가득 채워진 에너지장은 육신이 사랑스럽게 행동하도록 이끄는 반면, 드센 에고들이 득시글거리는 에너지장은 공격적인 육신을 만든다. 윗세대로부터 물려받았거나 스스로 생성한 에고들로 가득한 에너지장이 아버지의 육신을 어떤 식으로 지배해 왔는지 되짚어 보면 더욱 명확히 이해할 수 있을 것이다. 가족을 못살게 구는 아버지의 육신은 에고의 꼭두각시에 불과하다. 에고가 투명한 실을 연결해 두고 필요할 때마다 요래조래 조작하는 꼭두각시 말이다. 보통 아버지의 학대라고 말하지만 더욱 정확히 표현하면 에고의 뜻에 따라 수동적으로 움직이는 아버지의 육신이 행한 학대다. 아버지의 폭언과 폭행으로 마음까지 아픈 이유는 '나를 티끌만큼이라도 사랑한다면 그럴 순 없어.'라고 생각하기 때문이다. 하지만 개념적인 차원의 아버지는 누구보다 나를 지극히 사랑한다. 여기서 개념적인 차원의 아버지란 생물학적인 아버지가 아니라 아버지처럼 따르고 싶은 존재가 전달하는 마음 에너지를 말한다. 그 마음 에너지만이 눈에 보이는 아버지의 육신이 남긴 상처를 근본적으로 치유해 줄 수 있다.

　이렇듯 가족의 육신과 가족이라는 개념을 구분해서 받아들이면 '가족이 어떻게 나한테 이럴 수 있어?'라는 억울한 생각이 잦아든다. 에고와 합심한 어떤 육신에 의해 잠시 공격받았을 뿐이라는 게 명확히 보이기 때문이다. 추상적 개념의 진정한 가족은 마음 세상에 존재한다. 마음 세상에는 든든한 아버지의 마음도 있고, 자비로운 어머니의 마음도 있다. 다정다감한 배우자의 마음도 있고, 애틋한 형제의 마음도 있다. 각각의 마음이 내가 원했던 존재에게서 나오지 않을 때 우리는 크게 실망한다. 그러나 가족의 마음을 생물학적인 가족에게서만 느껴야 하는 건 아니다. 내면의 시야를 충분히 넓힌다면 가족의 마음이 깃든 대상과 언제 어디서든 만나게 된다. 커피숍에서 잔잔하게 흘러나오는 음악 소리, 인생의 깨달음을 녹여낸 글귀 한 줄, 어두운 밤하늘을 그윽이 비추는 달 등 무심코 지나쳤던 것들이 가족이 채워주지 못한 내면을 어루만져 준다. 동네 어귀의 오랜 소나무에서는 아버지의 마음이 배어 나오고, 따스한 햇빛을 품은 푸르른 하늘엔 어머니의 마음이 담겨있다. 가족에게 모든 것을 바라지 않을 때 모든 것이 나의 가족이 된다.

5

타인의 삶이 부럽다면

우리를 망치는 건 다른 사람들의 눈이다.
만약 나를 제외하고 모두가 장님이라면,
나는 굳이 번쩍이는 가구를 원치 않을 것이다.

-벤자민 프랭클린-

타인의 삶을 집착적으로 부러워하기 시작하면 도통 헤어나오기 어렵다. 유명인부터 지나가는 행인까지 거의 모든 사람들이 부러워진다. 이 사람은 이래서 부럽고, 저 사람은 저래서 부럽다. 인생이 술술 풀리는 친구들과 만나면 스트레스받을 것 같아 자연스레 인간관계를 끊게 된다. 혼자 있는 시간이 길어지면서 허상의 이미지들로 가득한 SNS 사진만 들여다본다. 부러움은 거품처럼 불어나고 우울의 늪에 점점 깊이 빠져든다. 가끔씩 자존감이 살짝 고개를 내밀 땐 '남을 부러워한들 내 인생이 달라지는 것도 아니니 이젠 그만해야지!'라며 호기롭게 다짐해 보지만 어느새 남의 삶을 구경하고 있다. 자학에 가까운 부러움으로 자신을 괴롭히며 사는 게 너무나도 힘든데 도무지 끊을 수가 없다. 인간은 왜 그토록 남을 부러워하며 살까? 주어진 환경에서 나름대로 최선을 다한 내가 이렇게 속상한데 말이다.

내 삶만 바라보면 타인의 삶이 눈에 들어오지 않는다. 그 결과 특정인을 부러워할 일 자체가 사라진다. 누군가를 부러워하기 위한 사전 단계는 타인이 어떻게 사는지 관찰하는 것이다. 일단 타인의 삶에 한눈을 팔아야 부러워할 거리를 찾을 수 있기 때문이다. 즉 본인의 삶에 대한 집중력이 떨어졌을 때 고통스러운 부러움이 시작된다. 공부에 몰입하지 못하는 학생은 수학 문제를 푸는 게 아니라 노트 한편에 낙서를 한다. 빨리 마쳐야 할 숙제는 미뤄두고 허튼 데 시간을 낭비하는 버릇이 생긴다. 이와 마찬가지로 자신의 삶에 집중하지 못하는 사람은 습관적으로 주변을 두리번거리며 무익한 정보를 수집하는 데 열을 올린다. 누가 어떤 집에 사는지, 어디로 여행을 떠났는지, 한 달 수입은 어느 정도인지 등등 온 신경이 남에게 쏠려

있다. 이처럼 여기저기 분산된 집중력을 어떻게 끌어올려야 할까?

한 사람의 인생과 마음은 운명공동체다. 마음을 고스란히 비춰주는 거울이 곧 인생이기 때문이다. 내 마음에 대한 나의 태도가 내 삶에 대한 나의 태도를 결정한다. 내 마음을 버리면 내 삶도 함께 버리게 된다. 내 마음에 집중이 안 되면 내 삶에도 집중할 수 없다. 나의 내면에서 어떤 일이 벌어지고 있는지 주의를 기울일 때 비로소 내 삶을 정성스럽게 살펴보게 된다. 일반적으로 재미있는 이벤트 하나 없이 지지부진 흘러가는 일상에 애정을 갖기 힘들다고 말한다. 그러나 아무리 슬픈 상황에 처해있더라도 내 안의 슬픔을 외면하지 않고 유심히 바라봐 주면 조금씩 집중력이 생긴다. 물론 처음에는 쉽지 않다. 상처투성이인 무의식 속으로 들어가는 일은 그 자체로 고역이다. 가시덩굴을 넘어 꽃밭으로 가자니 심장이 할퀴어지는 기분이다. 그럼에도 자신의 내면에 집중하는 연습을 할수록 괴로움보다 약간 더 큰 기쁨이 몰려온다. 타인의 삶과 완전히 분리되기 시작했다는 느낌만큼 희열 넘치는 감정도 없다. 눈에 보이진 않지만 내 마음속에 나만의 왕국이 세워지는 중이라는 게 온몸으로 느껴진다. 그 왕국에 한 번

입성하면 이런저런 마음의 기운을 타고 재미나게 놀 수 있다. 우주에서 가장 거대한 놀이공원이 내면 안에 들어선 것이다. 자신의 감정을 철저히 무시하고 사는 사람들 마음속에는 그런 놀이공원이 존재하지 않는다. 내 의식이 즐길만한 내면의 장소가 없으니 필연적으로 타인의 놀이공원에 기웃거리게 된다. 시간과 에너지 낭비라는 고액의 입장료를 내고 다른 사람이 만들어 놓은 놀이공원에 들어간 다음, 한참을 서럽게 울다가 나온다. 스스로 슬퍼지기 위해 많은 대가를 지불해 놓고 아까운 줄도 모른다.

나의 내면을 들여다보는 순간부터 놀이공원은 착공된다. 하나의 마음을 알아차리고 받아들일 때마다 놀이기구가 하나씩 늘어난다. 나에게 인정받은 마음은 적재적소에 사용 가능한 마법의 도구로 바뀐다. 인생의 묘미와 재미를 높여주는 역할을 톡톡히 한다. 그렇게 마법의 도구를 점차적으로 늘려가다 보면 나만의 놀이공원이 완성된다. 이 과정에서 한 가지 중요한 비밀이 드러난다. 그것은 바로 마음 세상에선 모두가 동일한 마법의 도구를 얻게 된다는 사실이다. 예컨대 크게 성공한 유명인이 보유한 마법의 도구와 내가 획득한 마법의 도구는 질적으로 똑같다. 인정받은 마음은 순수한 사랑 에너지로 전환되는데 그 사랑 에너지는 한곳에서 나왔으므로 누가 갖든 똑같다는 의미다. 이 깨달음을 피부로 체감할 때 외부적 조건만 보고 누군가를 부러워하는 걸 멈추게 된다.

순수의식이 인간에게 줄 수 있는 단 하나의 선물은 사랑 에너지다. 겉으로 드러난 요소만 보고 특정인의 삶을 '신이 내린 인생'이라고 말하지만 현실적 조건과 하늘의 선물은 동의어가 아니다. 남들의 부러움을 살만한 성과만이 하늘의 선물이라고 생각하면 평생 부러움의 감옥에서 벗어나지 못한다. 따라서 하늘이 선사하는 선물은 오직 사랑 에너지뿐임을 자각해야 한다. 부러움은 단지 사랑과 멀어진 자의 징표에 불과하다. 천지만물은 사랑이라는 이름 앞에 한없이 평등하다.

6

지긋지긋한 무기력증에서
벗어나는 방법

지금 여기, 광대무변함이 있다.
인간은 그 광대무변함을 자신의 영혼에 불어넣기 위해
이 세상에 태어났다.
그러니 크게 생각하고 큰 꿈을 꿔라.
본래 한계란 없으니.

-콘래드 힐튼-

몇 년 전까지만 해도 나에게 가장 큰 도전과제 중 하나
는 침대에서 벌떡 일어나는 일이었다. 단순히 만성피로에
시달렸거나 게을렀던 게 아니다. 병적인 무기력증이 악화
된 탓이었다. 무기력증을 직접 경험해 보지 않은 사람이
라면 나약한 정신력의 문제라고 핀잔을 줄 수도 있다. 그
러나 일어나고 싶은 마음은 굴뚝같은데 내 의지와 상관없
이 실제로 팔과 다리가 움직이질 않는다. 굉장히 무거운
쇳덩어리가 몸 전체를 짓누르는 듯했다. 이성적으로 생각

했을 때 왜 열심히 살아야 하는지도 알겠고, 열심히 살고 싶은 욕구도 강한데 내 몸은 여전히 요지부동이었다. 외견상 팔자 좋게 침대에 누워 세월아 네월아 아까운 시간을 허비하는 것처럼 보여도 마음속에선 치열한 전투 중이었다. 마치 발목뼈가 부러진 달리기 선수가 병상 위에서 경쟁자들을 따라잡아 보겠다고 발버둥 치는 상황과 다름없었다. 불가능에 가까운 일을 나 자신에게 계속 요구하다 보니 스트레스는 점점 쌓여갔고, 무기력증도 날로 악화됐다. 전혀 개선되지 않는 내 모습이 싫어 스스로에 대한 증오심은 극에 달했다. 참고 참다가 주변 지인들에게 고민을 털어놓으면 "네가 아직 남들이 얼마나 힘들게 사는지 몰라서 그래."라는 답변만 돌아왔다. 내 문제는 그런 차원의 문제가 아니라고 대뜸 반박하려다가 상대방 말의 취지가 이해되어 답답한 감정을 속으로 삭였다. 나는 그저 휴대폰 배터리 충전 방법을 물어봤을 뿐인데 남들도 다하는 전화통화를 왜 너만 못하냐고 따져 묻는 기분이었다. 나아질 기미가 보이지 않는 지긋지긋한 무기력증, 이제는 정말 벗어나고 싶었다. 그 후 몇 년의 시간이 흘렀고 나는 싱그러운 마음 상태로 침대에서 일어나 눈부신 아침 햇살을 맞이하게 되었다.

무기력증이 생기는 원인은 무엇일까? 무기력하다는 것은 말 그대로 기력이 없다는 뜻이다. 즉 기운과 힘이 없다는 의미다. 휘발유와 엔진이 빠진 자동차에 비유할 수 있다. 그런데 좀 더 엄밀히 말하면 맑은 기운과 힘을 갉아먹는 탁한 기운과 힘이 온몸에 가득 찬 상태다. 도무지 몸을 일으키기 어려울 때 엄청난 에너지가 압박하는 느낌이 든다. 무기력증이 심할수록 전신이 천근만근 무거워지는데 그와 같은 무게감을 형성하는 게 바로 탁한 기운과 힘이다. 불순물이 잔뜩 섞인 석유와 엉터리 엔진이 장착된 자동차로는 앞으로 나아가기 어렵다. 마찬가지 원리로 탁한 힘이 탁한 기운을 끌고 다니며 심신의 생기를 빼앗을 경우 일상생활이 힘들어진다. 생기는 인간이 열정적으로 살아가는 데 필요한 핵심 요소다. 탁한 힘에 종속된 탁한 기운이 살기로 작용하여 생기를 덮치면 무기력증이 야기된다.

탁한 기력은 도대체 어디에서 온 걸까? 무기력증은 쉽게 말해 열정적으로 살고 싶은데 절대 그렇게 살지 못하도록 방해하는 병이라고 할 수 있다. 마치 청개구리처럼 힘내고 싶을 때마다 힘을 쫙 빼 버린다. 무슨 일이 있어도 내 뜻에 따라주지 않겠다는 고집스러운 에너지가 곧 탁한 기력의 원천이다. 이 마음 에너지가 생기게 된 원인은 개인마다 다르지만 일반적으로 나와 남에게 이해받아 본 경험이 적을수록 탁한 기력이 누적된다. 어떤 사람이 내 감정과 생각을 억압할 때마다 짓누르는 에너지가 조금씩 쌓여간다. 충분히 긴 시간 동안 그와 같은 일이 반복되면 짓누르는 에너지가 온몸을 장악하기에 이른다. 순수의식에서 솟아난 생명 에너지가 마음껏 활동할 수 있어야 맑은 기력으로 활기차게 사는데 짓누르는 에너지가 너무 강력해진 나머지 솟아나는 에너지가 옴짝달싹 못 한다. 자동차의 주유구가 꽉 막힌 가운에 운전대를 이리저리 돌려봤자 상황은 나아지지 않는다. 생기 빠진 몸으로 암만 의지를 다진들 현실이 달라질 리 만무하다. 무엇보다 탁한 기운과 힘을 내 에너지장 밖으로 빼내는 게 급선무다. 그렇다면 어떻게 해야 맑은 기력을 되찾을 수 있을까?

침대에 결박당한 듯 몸이 마음대로 움직이질 않고 '정말 꼼짝도 하기 싫어. 나는 평생 이렇게 맥 빠진 채 살 수밖에 없을 거야!'라는 생각이 든다면 탁한 기력이 내 의식까지 점령한 상태다. 왜냐하면 몸은 물론이고 생각조차 원하는 대로 하지 못하는 지경에 이르렀기 때문이다. 천장만 바라보며 눈을 끔뻑일 때 떠오르는 온갖 상념들은 습관의 산물일 뿐이다. 탁한 기력이 두뇌에 거는 최면과 같다. 나의 진심 어린 바람과 전혀 무관하다. 두 발이 늪 속으로 빨려 들어가면 힘껏 달릴 수 없는 것처럼 의식이 탁한 기력에 장악되면 이상적인 변화를 일으킬 수 없다. 다행히 의식을 탁한 기력 밖으로 꺼내는 작업은 예상보다 간단하다.

내 몸이 내 말을 전혀 듣지 않을 땐 일단 천천히 호흡하면서 내면을 고요히 만들어라. 그다음 전신을 강하게 짓누르는 에너지를 느껴보면서 그 에너지의 형태를 마음속으로 그려봐라. 가령 구름 형태의 에너지가 커다란 돌판을 몸 위에 얹어둔 느낌을 불러일으킨다고 하자. 이때 구름 형태의 경계선 밖에서 그 에너지를 지켜본다고 상상하라. 이 단계까지 왔다면 내 의식을 탁한 기력과 분리시키는 데 성공한 것이다. 오랜 기간 고장 난 자동차 안에 갇혀 지내다가 그 바깥으로 빠져나왔다고 할 수 있다. 현재 내 마음속에는 또렷하게 깨어있는 의식과 짓누르는 에너지가 동시에 존재한다. 이제 남은 건 솟아나는 에너지를 불러들이는 일이다. 무한한 사랑이 나를 수호한다고 생각하면서 내가 진심으로 원하는 결과를 떠올려 보라. 예를 들어, 아침 해가 밝았을 때 상쾌한 기분으로 눈을 뜨고 가뿐하게 하루 일과를 시작하는 것이 사소하지만 간절한 소망이라고 하자. 이와 같은 바람을 품는 순간 내면 저 깊숙한 곳에서 생기 가득한 에너지가 솟아나기 시작한다. 그러나 작용이 있으면 반작용도 있는 법. '어림도 없는 소리!'라며 짓누르는 에너지가 거세게 반발한다. 아직 짓누르는 에너지가 워낙 강하여 처음에는 내 의식이 다시 그 속으로 빨려 들어갈 것만 같다. 그럼에도 맑은 기력이 흐르는 곳에 의식을 둔 가운데 짓누르는 에너지에 끌려가지 않는 연습을 계속해야 한다. 의식의 무게중심이 어느 정도 확고해지면 탁한 기력이 아닌 맑은 기력으로 나의 몸을 움직여 보자. 한꺼번에 큰 변화를 추구하기보다 손가락 하나만이라도 상쾌한 기분으로 까딱거려 봐라. 조급하게 생각하지 말고 맑은 기력으로 움직일 수 있는 신체 부위를 하나씩 늘려가라. 실제 무거운 돌판 밖으로 빠져나오기 위해서는 먼저 발부터 내민 다음 정강이, 무릎, 허벅지 순으로 차차 벗어나야 한다. 내 뜻대로 움직여지는 순서대로 맑은 기력을 되찾아 가다 보면 어느덧 짓누르는 에너지가 약화되고 솟아나는 에너지는 강화된다. 마침내 온몸이 순수의식의 고갈되지 않는 사랑으로 가득해진다. 즉 무기력증에서 완전히 벗어난다.

내 몸은 모든 창조의 시작점이다. 내 몸으로 맛있는 음식도 먹고, 가슴 설레는 꿈도 이룬다. 그 몸이 어떤 기력에 의해 움직이느냐가 창조의 양상을 결정한다. 탁한 기력은 탁한 현실을 창조하고, 맑은 기력은 맑은 현실을 창조한다. 무기력증의 극복은 단순히 침대에서 벌떡 일어나게 되는 것 이상의 의미를 갖는다. 앞으로 경험하게 될 창조의 양상을 근본적으로 변화시키기 때문이다. 무기력증을 넘어서는 순간, 새로운 차원의 삶이 열린다.

7

싫은 소리 못하는 겁쟁이

인생을 관찰하는 자가 되려면
삶의 괴로움으로부터 벗어나야 한다.

-오스카 와일드-

상대방이 듣기 싫어하는 줄 뻔히 알면서 어쩔 수 없이
해야만 하는 말들이 있다. 하지만 싫은 소리를 당당하게
내뱉지 못하고 얼버무리는 경우가 많다. 과연 내가 배려
심 깊고 착한 편이라 그런 걸까?

남의 입장을 지나치게 고려하는 사람은 대개 타인이 상
처받을까 봐 걱정하기보다 자신이 상처받을까 봐 전전긍
긍한다. 공격에 대한 두려움으로 마지못해 조심스럽게 행
동하는 것이다. 유년 시절 강압적인 부모 아래서 자란 경

우 이 세상을 강자와 약자 프레임으로 바라보게 된다. 태어나자마자 경험한 인간관계가 지배 피지배뿐이었으므로 만나는 사람들을 오직 강자 아니면 약자로 인식한다. 타인의 상대적 위세에 따라 본인의 정체성을 결정한다. 종합적으로 따져봤을 때 상대방이 나보다 강하면 나를 약자로 인식하고, 상대방이 나보다 약하면 나를 강자로 인식한다. 부모가 자식을 지배하려는 마음이 워낙 세서 사고체계 자체를 약자로 세팅해 놓은 경우에는 어떤 상황에서나 본인이 약자라고 믿는다. 나를 약자라고 간주하겠다는 건 타인을 강자로 대하겠다는 뜻이다. 마음 세상에 약자가 생기는 순간 강자도 함께 생기기 때문이다. 그 결과 내가 약자처럼 구는 것에 더하여 남이 강자로 살아가도록 뒷받침해야 마음 세상의 균형이 완성된다.

정신적으로 철저하게 약자인 사람은 강자에게 여러 권리들을 부여한다. 특히 자신을 사랑하거나 미워할 권리가 있다고 생각한다. 상대방이 일방적으로 나를 간택하거나 버려도 받아들일 준비가 되어있다. 내 운명이 그 사람 손에 달린 마냥 늘 눈치를 살핀다. 곤룡포도 입지 않은 그 사람을 왕의 위치에 올려놓고 스스로 하녀 역할에 몰두한다. 아무도 그 사람은 왕, 당신은 하녀라고 지칭한 적도 없는데 가정 안에서 평생 약자로 성장해 온 탓에 하녀로서의 삶이 제법 익숙하고 편안하다. 하녀를 자처하는 사람의 머릿속은 누가 됐든 상대방에게 잘 보여야 한다는 집착으로 가득하다. 아무리 합당할지언정 남에게 싫은 소리를 하는 순간 사회적으로 매장이라도 당할 것 같은 느낌에 사로잡힌다. 그 사람이 세상 전체를 쥐락펴락할 수 있는 권능을 지녔다고 망상하면서 그 사람에게 밉보이면 큰 피해를 볼 거라 착각한다. 지위 고하를 막론하고 한 명의 인간은 똑같이 우주의 먼지보다 작은 존재인데 말이다. 게다가 내 신분은 하녀이기 때문에 나에게 허락된 권리는 없다고 여긴다. 떳떳하게 해야 할 말도 참고, 별 뜻 없이 하고 싶은 말은 더더욱 참는다. 표면의식으로 자각하진 못하더라도 무의식 차원에서 자신을 하녀로 치부하면 내 입으로 나의 진솔한 생각을 표현하지 못한다. 최대한 안전지향적으로 말하다가 끝내 무엇이 내 진심인지조차 헷갈리게 된다.

싫은 소리지만 옳은 소리인 경우에는 적정한 방식으로 전달할 줄 알아야 사고체계의 무게중심이 바로 서고 인간관계가 깔끔해진다. 하지만 무의식 속 약자의 마음 에너지가 진동하는 한 눈치 보는 삶에서 벗어나긴 어렵다. 평범하기 그지없는 상대방을 강자로 떠받드는 약자 에고를 정화하려면 어떻게 해야 할까? 먼저, 약자 에고가 형성되는 과정을 살펴보자. 자식을 독립된 인격체로 대우하지 않고 무작정 억압하려 드는 부모의 내면은 두려움으로 가득한 상태다. 의식의 힘이 약하여 본인 안의 두려운 느낌을 스스로 제압하지 못하니 바깥세상의 어떤 대상을 대신 제압함으로써 극도의 두려움을 회피하려 든다. 가장 일반적인 희생양은 바로 자식이다. 건물이 마구 흔들릴 때 눈앞에 보이는 기둥이라도 붙잡으면 안심되는 것처럼 두려움으로 내면이 요동칠 때 자식이라도 닦달하면 마음에 안정감이 생긴다. 나로 인해 두려워하는 존재를 보며 나는 두렵지 않다고 위안 삼는 것이다.

뿐만 아니라 그 부모의 부모한테 원치 않는 방식으로 지배당했을 경우 지배당하는 상황에 대한 엄청난 거부감을 느낀다. 피해의식이 도를 지나치면 자식이 주체적으로 살아가는 것 또한 본인을 지배하려는 시도로 해석한다. 자식에게까지 지배당할 수 없다는 생각에 어릴 때부터 철저한 약자로 기른다. 이와 같은 과정을 거치며 자식은 작은 일에도 늘 벌벌 떠는 약자가 된다. 남들에게 싫은 소리 한마디 못하고 혼자 끙끙대며 속앓이만 한다. 두려움 속에 갇힌 약자로 살면 상상 속에서 만들어 낸 허상의 강자 눈치만 보다가 답답한 삶을 끝맺기 일쑤다. 따라서 약자 에고를 또렷이 알아차리고 정화해야 한다.

두려움 때문에 생긴 약자를 소멸시키는 방법은 강자 앞에서 느꼈던 두려움과 마주하는 것이다. 의식이 맑게 깬 상태에서 두려움을 생생히 느껴주면 약자의 마음 에너지가 서서히 풀려나간다. 약자와 강자는 동전의 양면이므로 마음 세상의 약자가 사라지는 순간 강자도 함께 사라진다. 이로써 세상을 강자와 약자 프레임으로 바라보던 시야가 투명하게 변한다. 만나는 사람들마다 강자 또는 약자로 구분하던 습관이 고쳐지고 현재 처한 상황의 핵심만 눈에 들어온다. 상대방은 강자, 나는 약자로 대할 땐 생각나지 않았던 현명한 대처 방안이 즉각 떠오른다.

쥐 죽은 듯 사는 게 어울리는 하녀는 울음소리밖에 내지 못한다. 남들을 지배하려 드는 폭군은 짐승 소리밖에 내지 못한다. 존엄한 인간으로서 어엿한 사람의 목소리를 내려면 강자와 약자 너머의 완전한 자유인이 되어야 한다.

8

그렇게 잘해줬는데
외톨이가 된 이유

우리가 서로 분리돼 있다는 믿음은
시각적인 환상일 뿐이다.

−아인슈타인−

주변 사람들을 최대한 배려하고 경조사는 빠짐없이 챙기며 살았는데 어느 날 돌아보니 외톨이 신세다. 남들에게 상처 주지 않으려고 애써 살갑게 굴었던 세월이 무색해진다. 기대했던 것과 달리 홀로 남겨진 내 모습을 보며 푸념을 늘어놓는다. "남들한테 잘해줘 봤자 아무 소용없어. 각자 필요한 것만 취하고 전부 떠나갔잖아. 왜 이렇게 다들 기회주의적으로 사는지 모르겠네." 과연 나와 인연을 오랫동안 이어가지 않은 사람들은 모두 내 선의를 저

버린 배신자들이었을까? 그들 입장에서 봤을 때 나는 진정으로 착하고 친절한 사람이었을까?

오감에 매인 사람들은 육신의 입으로 말하고 육신의 귀로 듣는다고 생각하나 실은 모두가 마음의 입으로 말하고 마음의 귀로 듣는다. 전 인류의 무의식은 한곳에 뿌리를 내리고 있다. 의도하지 않아도 삼라만상이 하나로 연결된 마음 세상에서 소통한다. 물질 세상에 가시적으로 드러난 행위는 전혀 중요하지 않다. 그 행위의 바탕이 되는 마음이 상대방의 반응을 결정한다. 예를 들어, 얼마 전 승진한 친구에게 축하 메시지를 보냈다고 하자. "이번에 승진했다며? 이렇게 좋은 소식을 듣게 되니까 친구로서 정말 기쁘다. 진심으로 축하해. 앞으로 너의 인생이 장밋빛으로 가득하길 바랄게." 이 메시지를 받은 친구는 이유 없이 불쾌해진다. 분명히 축하한다는 내용임에도 괜스레 마음이 부담스럽고 받은 메시지를 되돌려 주고 싶은 심정이다. 그 친구는 '얘는 나랑 잘 맞지 않는 것 같아. 앞으로 친하게 지내지 말아야지.'라고 생각한다. 무의식의 작용 원리를 잘 몰라도 이미 그에 따라 사고하고 행동하기 때문이다. 표면의식으로 자각하진 못하겠지만 그 친구의 무의식은 축하 메시지의 내용을 다음과 같이 해석한다. '나는 어렸을 때부터 부모님에게 충분한 사랑을 받지 못하고 자랐어. 그래서 미움받는 것에 대한 두려움이 엄청나게 크단다. 너에게 미움받지 않으려면 어떻게 해야 할지 고민하다가 이렇게 착한 말투를 써서 메시지를 보내기로 했어. 솔직히 말하면 나는 네가 승진했다는 사실에 아무런 관심이 없어. 나는 오로지 사랑받는 느낌만 얻으면 되거든. 네가 다정한 말투로 답변 문자를 보내줄 때 나는 엄마 아빠에게 받지 못한 사랑이 채워지는 느낌이야. 승진했을 때의 행복한 기분을 담아서 메시지를 보내주렴. 가는 게 있으면 오는 게 있어야 하는 거 알지? 내가 착하게 군 만큼 너도 나에게 착하게 굴어야 돼. 두 번 다시 상처받고 싶지 않으니까 나를 절대로 미워하지 마.' 무의식이 상처받은 에고로 가득 찬 사람은 좋은 내용으로 포장한 마음의 폭탄을 상대방에게 보낸다. 그 메시지를 받은 상대방이 그 사람을 멀리하지 않는 게 오히려 이상한 일 아닌가? 읽는 것만으로도 고역인 메시지는 축하가 아닌 일종의 괴롭힘이다.

　내 몸 전체에 검은색 잉크가 잔뜩 묻어있다고 하자. 이 경우 내가 어떤 물건을 집어서 남에게 건네든 그 물건에는 검은색 잉크가 묻게 된다. 친구 생일날, 세상에서 가장 아름다운 풍경 그림을 내 손으로 직접 포장해서 선물한다면 어떨까? 검은색 잉크가 여기저기 튀는 바람에 그림은 엉망진창이 되고 말 것이다. "생일 축하해! 너를 위해서 이렇게 멋진 그림을 준비했단다." 풍경이 제대로 보이지도 않는 그림을 기쁘게 받아줄 사람은 없다. 오히려 처분하기 곤란한 짐을 떠안았다며 불평하기 쉽다. 이 사례에서 검은색 잉크는 정화되지 않은 탁한 마음 에너지를 상징한다. 내가 판단하기에 좋은 말과 행동을 했더라도 상대방이 궁극적으로 보고 듣는 것은 그 안에 실린 마음 에너지다. 나는 세상을 향해 많이 주는데 세상은 나에게 아무것도 돌려주지 않는다고 느껴질 땐 내가 선심 썼다고 착각하는 선물의 본모습을 들여다봐야 한다.

인간은 언제나 자신의 무의식 전체를 주면서 살아간다. 내 육신을 통해 행해지고 있는 모든 것들에 나의 마음 에너지가 실려나간다. 나의 내면이 부정적인 에고들로 오염됐다면 예쁘장한 꽃다발에 커다란 칼을 꽂아준 것과 다름없다. 나는 꽃다발을 건넸을 뿐인데 모두가 나를 피한다. 마음의 눈으로 꽃다발의 생김새를 보지 못하니 섭섭한 마음에 불평만 늘어놓게 된다. 내가 준 것이 무엇인지 정확히 알아야 주변 사람들의 반응을 이해하고 근본적인 변화를 추구할 수 있다. 세상은 기회주의자가 아니라 사랑주의자다. 나의 무의식을 정화하여 사랑으로 가득한 마음 에너지를 담아준다면 내 곁은 늘 영혼이 눈부시게 밝은 사람들로 가득해질 것이다.

9

세상은 실망스러운
인간투성이

모든 존재는 동일한 원천에서 나왔다.
만일 당신이 누군가를 증오한다면
당신의 일부를 증오하는 것이다.

-엘비스 프레슬리-

자의 반 타의 반으로 여러 인간관계를 맺다 보면 인간이라는 존재에 환멸이 느껴지는 시점이 온다. 도덕적인 사람인 줄 알았는데 나중에 알고 보니 온갖 추악한 짓을 일삼았거나 선량한 얼굴로 내 편인 척 연기하다가 필요한 것만 취한 뒤 갑작스레 돌아서는 경우도 적지 않다. 실망시키는 정도야 각양각색이겠지만 그 누구도 첫인상만큼 끝끝내 괜찮은 사람으로 남기 어렵다. '이 사람만큼은 정말 다를 거야!'라며 기대했던 대상조차 친밀하게 지낼수록 검은 속

내를 드러내곤 한다. 이와 같은 경험이 반복되면 '인간이란 본래 비인간적인 존재'라는 모순적인 결론에 도달하게 된다. 인간에 대해 극도로 실망한 나머지 대인기피증에 걸리거나 만나는 사람마다 삐딱한 시선으로 바라본다. 또는 필요 이상으로 인간관계를 차단하여 남에게 실망할 일 자체를 만들지 않는다. 하지만 실망의 뿌리엔 기대가 있다는 사실을 알아차리면 인간을 바라보는 시각이 달라진다.

　육안에 포착된 한 명의 사람에게는 한 개의 육신이 배정돼 있다. 존재를 정의하는 단위가 육신이라고 간주할 경우 그 사람은 하나의 존재로만 구성된다고 여긴다. 예컨대, 특정인을 보고 '저 사람은 참 긍정적이고 외향적인 것 같아.'라는 판단이 서면 '그 사람은 긍정적이고 외향적인 존재'라고 규정해 버린다. 한 사람에게는 하나의 정의만 대응될 수 있다고 믿기 때문이다. 그러나 인간은 단백질 덩어리이기 이전에 에고 덩어리다. 수천수만 개의 에고들이 중첩되어 만들어진 생명체가 바로 인간이다. 육신을 기준으로 할 땐 한 명의 사람이지만 그 에너지장 속에는 셀 수 없이 많은 에고들이 살고 있다. 여러 에고들이 시시각각 표면의식 위를 오르락내리락하면서 인간의 육신을 번갈아 가며 점령한다. 친절한 에고가 전면에 나서면 친절하게 행동하고, 계산적인 에고가 장악하면 계산적으로 행동한다. 매일 옷을 갈아입는 것처럼 누구나 매 순간 에고를 갈아입으며 산다.

그런데 문제는 타인의 표면의식 위에 자리한 에고들 중에서 내가 원하는 모습만 붙잡으려 한다는 것이다. 즉 일방적으로 기대심을 갖는다. 가령 어렸을 때부터 부모와 정서적인 유대 관계를 맺지 못한 경우 누군가 나에게 부모 역할을 해주길 바라는 욕망이 크다. 그 욕망이 클수록 듬직한 사람으로부터 보호받길 원한다. 한 번쯤은 어른처럼 느껴지는 사람에게 기대고 싶은 것이다. 몸은 성인이지만 마음은 여전히 상처받은 아이에 불과하므로 여기저기 부모 대체 인물을 찾아다닌다. 그러다가 약간이라도 든든해 보이는 사람이 나타나면 그 사람이 보여준 어른스러운 모습을 붙잡고 혼자 기대감에 부푼다. 유년 시절에 느꼈던 외로움과 불안감이 몰려와 그 기대감을 쉽사리 놓아버리지 못한다. 기대감이라도 품어야 심정적인 괴로움이 잠시나마 잊혀지기 때문이다. 머릿속으로는 '현실적인 필요에 의해 저 사람과 친분을 쌓아 둬야겠다!'라고 생각하지만 무의식에서는 '저 사람이라면 나에게 부모의 사랑을 느끼게 해주지 않을까?'라며 의존적인 감정이 요동친다. 그 사람 안에 있던 어른스러운 에고가 표면의식 위로 잠시 올라왔다가 곧장 무의식 속으로 가라앉아 버렸음에도 나는 그 사람이 어른스럽게 행동했던 순간에 일시 정지 버튼을 눌러놓고 그 사람의 어른스러운 면모에만 집착한다. 누군가에게 의지하고 싶다는 내 마음이 기대감을 증폭시킨 것이다.

그 사람이 일부러 나를 속이려고 가식적으로 행동한 게 아니다. 나와 함께 있을 때 어른스러운 에고가 육신을 차지하여 그에 따라 행동했을 뿐이다. 하지만 나는 내가 만들어 놓은 틀 속에 그 사람을 가둔 후 '지금부터 당신을 어른스러운 사람이라고 규정하겠습니다. 앞으로는 내 앞에서 든든한 모습만 보이도록 하세요.'라며 일방적으로 요구한다. 그 사람이 또 다른 에고에 휩쓸려 가 미성숙하게 굴면 지금껏 나를 속였다고 몰아세운다. 이것은 마치 "분명히 제가 오늘 파란 옷 입고 나오시라고 했을 텐데 왜 노란 옷 입었어요? 정말 실망스럽네요!"라고 따지는 것과 마찬가지다. 그날 어떤 옷을 입고 나갈 건지는 그 사람의 무의식이 정하는 것인데 말이다.

인간에 대한 실망감은 나의 집착적인 기대에 기인한다. 이 사실을 깨닫는 순간 어떤 사람의 단면과 그 사람 전체를 동일시하지 않게 된다. 한 인간의 육신을 통해 발현되는 갖가지 에고의 다양한 모습들을 그저 바라볼 뿐이다.

10

한 번이라도 나 자신을
좋아해 보고 싶다

당신이 되고 싶었던 어떤 존재가 되기에
지금도 결코 늦지 않았다.

-조지 엘리엇

일기장 마지막 줄에 '나 자신을 사랑하자!'라고 적어본
다. 이루어질 가능성이 별로 없는듯하여 쓰면서도 맥이
빠진다. 스스로를 사랑스러운 눈빛으로 바라볼 수 있다면
더할 나위 없이 행복할 것 같은데 복권에 당첨될 확률보
다 나 자신을 사랑하게 될 확률이 더 낮아 보인다. 그럼에
도 여러 매체를 기웃거리며 자존감 높이는 방법을 수집한
다. 주말마다 활동적인 취미생활하기, 과거의 상처 잊어
버리기, 타인과 비교하지 않기, 외모 가꾸기 등등 진부한

솔루션들만 즐비하다. 이미 시도해 봤거나 말처럼 쉽지 않은 것들뿐이다. 결국 다시 태어나는 수밖에 없는 걸까?

여기 좋은 소식과 나쁜 소식이 있다. 먼저 나쁜 소식부터 전하겠다. 인간 개체로서의 나를 사랑한다는 건 애당초 힘든 일이다. 내 존재를 육신에 한정시키는 한 완전한 만족감을 얻기란 불가능에 가깝다. 연예인만큼 예쁘지 않은 나, 원하는 시험에 합격하지 못한 나, 수입이 적어 매일같이 쪼들리는 나, 늦은 나이까지 제대로 이룬 것 하나 없는 나…. 어떻게 이런 '나'들을 온전히 좋아해 줄 수 있을까? 이것은 마치 정말 맛없는 음식을 억지로 맛있게 먹어보려는 시도와 같다. 사람의 입맛은 그대로인데 맛없는 음식을 꾸역꾸역 삼킨들 스트레스만 가중된다. 흥미진진한 드라마를 보거나 휴대폰 게임을 하면서 잠시 다른 곳으로 신경을 돌릴 순 있겠지만 나의 불만족스러운 부분이 말끔히 사라지는 건 아니다. 마음의 도피처에서 빠져나와 다시 현실로 돌아오면 여전히 부족하고 하찮은 내 존재가 선명하게 느껴진다. 남들보다 상대적으로 열등하지 않아도 시간과 공간의 제약을 받는 인간의 몸에 갇힌 이상 불가피한 결과다. 누구든 생로병사로부터 자유롭지 못하고 소망했던 목표를 전부 이룰 순 없다. 필연적으로 괴롭고 아쉽다. 완벽

에 가까워 보이는 삶 역시 완벽에 가까울 뿐 완벽하진 않
다. 생각보다 완벽과 거리가 먼 경우도 허다하다. 몇 번의
생을 나로 다시 태어나도 좋을 만큼 자기 자신의 모든 면
을 오롯이 사랑한다고 말할 수 있는 사람은 이 세상에 없
다. 다행히 아직 좋은 소식이 남아있다.

　육신으로 정의되는 인간 개체를 있는 그대로 사랑하긴
어려우나 사랑 그 자체가 되어 무한히 자유로워질 수는
있다. 한 명의 사람이 아닌 하나의 사랑으로 거듭나는 순
간, 더 이상 나 자신을 좋아해 보려고 애쓰지 않아도 된
다. 우리는 왜 잘생기고 똑똑하고 돈 많고 성공하지 못하
면 자존감이 떨어질까? 우리는 왜 사회가 추려 놓은 몇몇
조건들을 충족해야만 나라는 존재를 사랑할 수 있다고 여
길까? 타인의 인정과 관심을 받을 때 사랑이 채워진다고
생각하기 때문이다. "나를 사랑하고 싶다."는 말 뒤에 숨
은 뜻은 '남들에게 사랑받고 싶다.'이다. 만약 이 세상에
나만 존재한다고 가정해 보자. 과연 스스로를 사랑하기
위해 노력하게 될까? 밤하늘에 반짝이는 아름다운 별들,
초록빛 생명력으로 넘실대는 산천초목, 드넓은 백사장과
에메랄드빛 바다, 파도 사이로 찬란하게 부서지는 따스한
햇살…. 순수의식이 지구별 위에 펼쳐놓은 예술작품을 감

상하느라 나라는 존재는 완전히 잊어버린 채 물아일체의 경지에서 자연과 교감하며 살지 않을까? 어느 곳에나 깊고 진하게 흐르는 순수의식의 사랑을 느끼며 내가 곧 사랑이 되어갈 것이다.

의식 차원에서 남이 사라지면 나도 사라지고, 내가 사라지면 텅 빈 자리에 무한한 사랑이 차오른다. 거대한 바다가 더 이상의 물을 필요로 하지 않듯 무한한 사랑은 더 이상의 애정을 필요로 하지 않는다. 이처럼 몸이 아닌 마음에 집중하면 천상천하 유아독존의 상태에서 현실적인 조건과 무관하게 사랑 그 자체로 거듭난다. 사랑은 스스로를 사랑하려 힘들이지 않는다.

Part 4

마침내 밝혀진
운명의 비밀

1

끝없는 허무감에서
생기 넘치는 삶으로

두드리지 마라. 문은 열려있다.
두드리려고 하는 마음이 문을 만든다.

-오쇼 라즈니쉬-

 어제와 별반 다르지 않은 오늘, 오늘과 별반 다르지 않
을 내일…. 한꺼번에 몰려온 시련들로 마음이 와르르 무
너질 뻔한 위기를 맞기도 하지만 때로는 아무 일 없이 무
탈한 일상이 더욱 차갑고 버겁게 느껴지기도 한다. 오랜
기간 반복해 온 탓인지 알람 소리가 울리기 바로 직전 귀
신같이 눈이 떠지고 거푸집으로 찍어낸 듯한 하루가 시
작된다. 어정쩡하게 피곤한 상태로 아침을 먹고 설거지한
뒤 매우 익숙한 스트레스를 정도껏 받으며 어찌저찌 살아

내다 보면 어느새 저녁 식사 중이다. 어제와 오늘을 두고 다른 그림 찾기 게임을 만든다면 난이도가 꽤 높은 편에 속할듯하다. 이제는 돈과 명예를 얻게 되더라도 별로 기쁘지도 않을 것 같다. 인간으로 살아가는 것 자체가 재미없고 따분하다. 지구 한구석에 찌그러진 채 살다가 싱거운 인생을 마무리한다고 생각하니 서글픈 한편 이런 생각조차 귀찮게 느껴진다. 죽고 싶기보다는 원래부터 없었던 존재였으면 좋겠으나 시간을 거슬러 올라갈 방법은 도통 모르겠다. 기억 저편으로 어떤 꿈이 사라진 것 같은데 그 꿈이 뭐였는지도 가물가물하다. 생기 가득한 표정은 타인의 얼굴을 통해 구경할 뿐 직접 지어본 건 까마득한 과거의 일이다. 허무하고 또 허무하다. 끝이 보이지 않는 우울의 구렁텅이에 한 번 빠지니 모든 걸 내려놓고 싶기만 하다. 말로만 듣던 번아웃 증후군이 찾아왔나 보다. 적극적으로 치료할 생각은 없다. 어차피 벗어나지 못할 거라는 확신이 두뇌를 장악하고 있으니.

갑작스럽게 인생을 덮친 허무감은 세상에서 가장 조용한 살인자다. 위협적인 무기도 일절 사용하지 않는데 사람을 조금씩 벼랑 끝으로 몰아세운다. 죽음이 옆집 강아지 이름인 양 대수롭지 않게 느껴지면서 그동안 가까스로 쌓아 올린 것들을 단숨에 훅 날려버리도록 만든다. 그 어떤 것에서도 삶의 의미를 찾을 수 없고 딱히 무엇 때문에 죽고 싶은 것도 아니다. 기쁨과 슬픔이 어떻게 달랐었는지, 희망에서 절망으로 넘어갈 때 기분이 어떠했는지 생각나는 게 하나도 없다. 온몸에 진하게 스며든 허무감은 나의 존재와 내 삶을 야금야금 지워간다. 무얼 바라 여기까지 견뎌왔는지, 무얼 바라 앞으로 견뎌나갈지 모르는 것투성이다. 이쯤에서 '미안하다.'는 메모 한 줄 남겨두고 연기처럼 사라진들 아무렇지 않을듯싶다. 더 늦기 전에 허무감의 실체를 밝혀야 한다. 허무감이 가로막고 있는 찬란한 인생으로 건너가기 위해.

인간은 왜 허무감에 빠지는 걸까. 비었다는 뜻의 허(虛)와 없다는 뜻의 무(無)가 만나 허무감을 만든다. 무엇이 비었고 무엇이 없다는 뜻일까? 나라는 존재가 부재하여 내 인생이 휑하다는 의미다. 분명히 눈동자를 왼쪽에서 오른쪽으로 움직이며 이 책을 읽는 내가 여기 있는데 무슨 소리인가 의아스러울 것이다. 인간이 이런저런 신체 기관들로 구성된 단백질 덩어리에 불과하다면 태어날 때부터 줄곧 엄청난 존재감을 느껴왔어야 한다. 시간의 흐름에 따라 약간씩 노화되긴 했으나 이목구비, 팔과 다리, 오장육

부는 사라진 적 없으니 말이다. 하지만 단백질 덩어리가
별 탈 없이 잘 보존 됐다고 해서 진정으로 존재한다는 느
낌이 들진 않는다. 누군가 구태여 알려주지 않아도 본래
의 나는 단백질 덩어리가 아니라는 사실을 직감적으로 알
기 때문이다. 극심한 무기력증에 정신이 비틀거리면 납작
하게 찌그러진 음료수 캔이 마치 나처럼 보일 때가 있다.
전혀 다른 성분의 물질임에도 하잘것없는 느낌에서 공통
점을 찾은 것이다. 나의 마음이 곧 내 존재이므로 단백질
이냐 알루미늄이냐는 전혀 문제 되지 않는다. 인간은 생
물학적으로 포유류에 속하나 본질적으로는 다채롭고 변
화무쌍한 마음들로 구성된 거대한 의식체다. 따라서 육신
이 이 세상에 나왔다는 사실만으로 '태어났다.'고 표현할
순 없다. 모든 마음들이 생생히 살아 움직여야 비로소 출
생의 과정이 완성된다. 만일 내 안의 마음을 단 한 번도
꺼내 쓰지 못했다면 나는 아직 잉태된 상태일 뿐이다. 태
어난 적 없이 인생을 살아가려니 가슴이 뻥 뚫린 듯 공허
할 수밖에.

주변을 돌아보면 유독 생기가 넘쳐흐르는 사람이 있다.
연령과 무관하게 활기차고 싱그러운 기운이 그 주변을 휘
감는다. 깨어난 마음에서 나오는 생명력 덕분이다. 심장

이 규칙적으로 뛴다고 해서 살아있는 느낌을 주는 건 아니다. 마음을 살려두는 사람이어야 살아있는 느낌을 풍긴다. 여기서 마음을 살려둔다는 건 무슨 의미일까? 가정환경을 크게 둘로 나누면 육신을 중시하는 집안과 마음을 중시하는 집안으로 나눌 수 있다. 전자의 경우 육신의 존속을 최우선 목표로 삼는다. 삼시 세끼 챙겨 먹이고 기본적 욕구만 충족시키면 부모로서의 역할은 완수했다고 생각한다. 단백질 덩어리가 잘 있는지 눈으로 확인한 뒤 안도의 한숨을 내쉰다. 마음은 철저하게 무시하고 오직 육신만 챙긴다. 사랑을 표현하는 나름의 방식일지 몰라도 애완견보다 더 낫게 대접했다고 보긴 어렵다. 인간을 키운 게 아니라 단백질 덩어리를 불린 것에 불과하니까. 이와 같은 가정환경을 만나면 태어나자마자 거의 모든 마음들이 지하 감옥에 갇히게 된다. 먹고 싶다, 자고 싶다 등등 동물적인 마음들만 용납하고 나머지 인간적인 마음들은 모조리 가둬버린다. 머지않아 인간적인 마음들의 심정과 내 심정이 공명하기 시작한다. 칠흑같이 어두운 감옥 안에서 빛 한 번 보지 못한 느낌, 미치도록 갑갑하고 좌절스러운 느낌, 숨조차 편히 쉴 수 없을 만큼 억압된 느낌…. 나 역시 수십 년 넘도록 지하 감옥에 감금됐던 것과 다를 바 없는 결과가 도출된다. 이때 적절한 변화를 추구하지 않으면 삶에 재미와 감동을 부여하는 인간적인 마음들이 서서히 죽어가고 허무감은 날로 커진다.

반대로 후자의 집안에서는 마음의 발현을 핵심가치로 여긴다. 물질 세상은 마음을 드러내는 공간이라고 생각한다. 예컨대, 풍요롭게 살고 싶다는 마음이 먼저고 경제적 자유의 획득이 그다음이다. 내면에서 어떤 마음이 드는지 면밀히 살핀 후 그것을 실현하기 위해 행동한다. 출발점은 언제나 마음이다. 자식의 육신만큼이나 마음을 소중히 대한다. 엄연한 독립적 의식체로 받아들이며 마음이 다치지 않도록 늘 배려한다. 자식을 사랑하는 것과 자식의 마음을 사랑하는 것이 똑같다는 깨달음 때문이다. 이와 같은 부모의 양육 방식은 내면의 마음을 깨어나게 하고 자유롭게 운용하도록 만든다. 앞서 살펴본 전자의 집안에서 자란 아이는 잠깐 바람 쐬러 가고 싶다는 마음조차 당당하게 표현하지 못한다. 육신의 생존과 직접적인 관련이 없을 경우 어떤 마음이든 참는 게 습관이 된 것이다. 외견상 인내의 일종처럼 보이지만 실은 마음을 죽이는 행위다. 지나치게 참고 사는 사람들의 표정에서 왠지 모를 잔인함이 묻어나는 이유다. 하나둘씩 마음이 사라질 때마다 인생의 주체는 차츰 지워지고 끝내 텅 빈 인생과 허무감만 남는다. 그에 반해 부모에게 마음을 이해받으며 성장한 아이는 살아있는 매 순간이 신나고 즐겁다. 바람 쐬러 가고 싶은 마음과 바람 쐬러 가는 행동 사이에 지나친 고민과 망설임이 끼어들지 않는다. 깔끔하게 소망하고 깔끔하게 실현한다. 걸림 없는 마음은 걸림 없는 행동을 만든다. 마음이 자유로운 만큼 생명력이 생기고, 그 생명력이 원하는 현실을 끌어온다. 육신과 결합된 의학적 생명에 마음의 힘(力)이 붙어 역동적인 삶을 창조한다. 형식적인 생명만 있고 힘이 없던 육신에 활기가 돌면서 진정으로 살아있는 느낌을 받게 된다. 남들과 똑같은 성분의 육신이건만 훨씬 더 또렷하게 보이는 듯하고 존재감은 날로 선명해진다. 생기로 가득 찬 인생에 허무감이 끼어들지 못하는 건 당연지사다.

억압된 마음들이 빠짐없이 풀려날 때 인간은 비로소 세상에 태어났다고 말할 수 있다. 하지만 대부분 잉태된 채로 죽음을 맞이한다. 몸만 나와서 지구 위를 전전하다가 마음 한 번 제대로 표현하지 못하고 실질적으로 태어나기도 전에 육신이 죽는다. 지하 감옥에 갇힌 마음들을 미처 구출하지 못한 채 심장 박동이 멈춰버리면 그 마음들은 한(恨)이 되어 후대에 전해진다. 의도치 않게 사랑하는 자손들에게 무거운 짐을 지우는 것이다. 따라서 크고 작은 마음들을 하나하나 놓치지 말고 인정해 줌으로써 햇빛 찬란한 바깥세상으로 나올 수 있게끔 해야 한다. 모든 마음들이 속박에서 풀려나 자유로이 뛰놀게 되는 날, 나라는 존재는 이 세상에 처음으로 태어난다.

2

이번 생은
아직 망하지 않았다

현재에 맞서지 말고 그저 받아들여라.
지금 이 순간과 친구가 돼라.
그러면 당신의 인생이 기적적으로 바뀔 것이다.

–에크하르트 톨레–

　이번 생은 이미 망해버린 것 같으니 어영부영 대충 마무리하고 빨리 다음 생으로 넘어가길 바라는가? 과연 화목한 가정의 부잣집 자녀로 다시 태어나 온갖 호사를 누리고 살면 잔뜩 옹어리진 마음이 풀릴까? 물론 어느 정도의 행복은 보장되겠지만 매우 중차대한 문제가 남아있다. 다음 생에 지금보다 더 나은 환경을 만나리라는 보장이 없다는 사실이다. 억겁의 세월이 흐른 뒤 하루 한 끼 식사도 어려운 빈민국에서 태어날 수도 있고, 세렝게티 초원의 하이에나로 환생할지도 모른다. 괜히 이번 생을 건성으로 살았다가 여러 번의 윤회 가운데 현생이 그나마 최고의 조건이었음을 알게 된다면 어찌할 것인가. 사자가 먹다 남긴 먹잇감 주변을 어슬렁대며 후회한들 전생으로 돌아갈 방법은 없다. 다음 생만 바라보고 무의미하게 흘려보낸 이번 생이 그리워질 땐 늦어도 한참 늦었다. 불확실성으로 가득한 다음 생을 기약하지 말고 얼핏 망한 듯 보이나 아직 완전히 망한 건 아닌 이번 생을 소생시키는 편이 훨씬 더 낫다.

사람들이 바라는 다음 생의 모습은 엇비슷하다. 타고난 재능, 출중한 외모, 든든한 집안 배경, 사랑 넘치는 부모, 경제적 여유, 명석한 두뇌, 밝은 성격, 건강한 신체…. 한마디로 말해 완벽하게 태어나길 원한다. 그렇다면 왜 완벽한 존재가 되고 싶은 걸까? 단지 행복한 삶을 추구할 뿐이라고 말하겠지만 실은 부정적인 감정으로부터의 도피가 최상위 목표다. 열등감, 수치심, 굴욕감 등등 슬쩍 쳐다보기만 해도 몸서리치게 되는 감정들이 수면 위로 올라오지 않도록 하려면 그것들을 덮어둘 심리적 기제가 필요하다. 가령 열등감이 조금이라도 느껴질 경우 '나는 돈이 많으니까 우월해!'라는 생각을 순식간에 만들어 낸 뒤 자신은 열등하지 않다고 믿어버린다. 이때 필요한 것이 바로 타인의 인정과 부러움을 일으키는 외부적 조건이다. 두더지 게임하듯 원치 않는 감정을 내리칠 망치가 필요한데 돈, 명예, 외모 등은 더할 나위 없이 튼튼한 망치다. 여러 개의 망치를 획득할수록 마음의 피난처가 늘어나므로 안심하고 살 수 있다. 물론 한시도 쉬지 않고 두더지 게임을 하다가 지쳐 쓰러질 날이 오겠지만.

모든 것은 결국 '감정 문제'다. 부자여서 행복한 것도, 빈자여서 불행한 것도 궁극적으로 감정 문제일 뿐이다. 수백 광년 떨어진 '노이모션' 행성에 왕자와 거지가 사는데 그 누구도 감정이란 걸 느끼지 못한다고 하자. 왕자는 매일 아침 호화로운 방 안에서 눈을 뜨고 각종 기념일마다 성대한 파티를 연다. 산해진미로 가득한 테이블 앞에 앉아 최고급 요리부터 한 스푼 맛보는데 먹는 즐거움을 전혀 느낄 수 없다. 아리따운 이웃 나라 공주와 눈이 마주쳤지만 무표정하게 잠깐 바라보다 이내 시선을 거둬버린다. 벌써 며칠째 굶주린 거지는 끼니를 때우기 위해 궁궐 주변을 서성인다. 정해진 규율에 따라 파티가 끝난 후 궁중 하인이 밖으로 나와 거지에게 남은 음식을 나눠준다. 하인의 표정도, 거지의 표정도 기계처럼 딱딱하고 차갑다. 거지는 아무렇지 않게 음식을 받아 들고 옆쪽 계단에 걸터앉아 우걱우걱 씹어 먹는다. 우월감을 일절 느낄 수 없는 왕자와 열등감이 무엇인지 당최 알지 못하는 거지. 왕자나 거지를 볼 때 한결같이 무덤덤한 일반 시민들. 감정이 사라진 세상에서는 이번 생에 대한 불만도, 다음 생에 대한 기대도 존재하지 않는다.

마음의 느낌이 없으면 기쁨과 슬픔이 모두 사라지므로 특정한 삶을 간절하게 꿈꾸거나 지나치게 회피하지 않게 된다. 왕자로 살든, 거지로 살든, 사는 게 재미없는 건 매한가지다. 감정을 소거시키면 모든 삶이 근본적으로 똑같아진다. 겉 포장지는 다를지 모르나 어떤 삶을 막론하고 한낱 꼭두각시 인형극에 불과하다. 왕자 역할의 꼭두각시와 거지 역할의 꼭두각시가 짜여진 각본대로 이리저리 움직일 뿐이다. 내면에서 아무 일도 벌어지지 않으니 바깥에서 벌어지는 일은 큰 의미를 갖지 못한다. 서로가 서로를 볼 때 왕자나 거지가 아닌 맥 빠진 꼭두각시처럼 보이기 때문이다. 그들에게 다음 생이란 꼭두각시로서의 두 번째 삶 그 이상도 이하도 아니다. 가시적인 물질 세상에 왕자와 거지의 모습으로 나타났어도 우주의 근원인 마음 세상에는 왕자의 우월감과 거지의 열등감이 실재하지 않으므로 사회적 지위의 차이가 무의미하다. 오직 마음을 자극하는 것만이 생생하게 인식되고, 인식된 것만이 인생에 영향을 미치며, 인생에 영향을 미치는 것만이 현존한다고 간주할 수 있다. 따라서 감정의 격차가 없으면 표면적 격차도 아울러 사라진 상태라고 봐도 무방하다. 노이모션 행성의 사례를 통해 알 수 있는 것은 앞서 말했듯 모든 것이 감정 문제라는 사실이다.

대다수의 사람들이 그토록 부자를 부러워하는 이유는 무엇일까? 단순히 막대한 양의 재산을 획득하고 싶어서가 아니다. 부자의 '풍요로운 감정 상태'로 옮겨가길 원하는 것이다. 세계에서 가장 비싼 명품을 걸친 마네킹보다 환한 표정으로 쇼핑을 즐기는 인간이 부럽지 않은가. 부러움은 표면적 격차가 아닌 감정의 격차에서 나온다. 그러나 물질 세상에 드러난 현상만 볼 경우 결코 따라잡을 수 없는 황새를 보며 좌절한다. 뱁새의 종종걸음으로는 이번 생 내내 뜀박질해도 역부족일 듯하니 곧장 의기소침해진다. 다음 생에 재도전해 보는 것 외에는 길이 없어 보인다. 안타까운 현실이다. 의식의 초점을 마음 세상에 맞추면 이번 생만으로 충분한데 말이다.

가난한 실패자는 크게 성공할 때까지 절대 행복해선 안

된다는 불문율을 따른다. 누가 맨 처음 만들었는지도 모르고 그 규칙을 어긴다고 해서 법적 처벌을 받는 것도 아닌데 악착같이 지키려 든다. 남몰래 불행할지언정 남몰래 행복하진 않다. 도대체 왜 가난한 실패자는 돈 없이도 소유 가능한 행복을 갖지 못하는 걸까? 나쁜 감정은 자신 안에 있고, 좋은 감정은 자신 밖에 있다고 믿기 때문이다. 특히 자본주의 사회 구조상 돈에 좋은 감정이 매달려 다닌다고 생각한다. 돈을 벌면 좋은 감정도 함께 끌려올 것이라 여긴다. 처음에는 밤낮 가리지 않고 열심히 일하면서 부자가 되기 위해 노력한다. 하지만 여러 번의 실패 끝에 높다란 진입장벽을 몸소 느끼며 부자의 꿈과 멀어진다. 절망스러운 나머지 좋은 감정도 덩달아 놓아버린다. 돈과 좋은 감정을 운명공동체로 취급하는 것이다. 좋은 감정은 돈에 얹어주는 사은품이 아니다. 느티나무 주변으로 바람이 분다고 해서 느티나무가 바람의 유일한 원천이라고 단정할 순 없다. 돈이 느티나무라면 좋은 감정은 바람에 해당된다. 바람은 느티나무 곁을 지나기도 하고, 다 쓰러져 가는 초가삼간 지붕 위를 살랑살랑 누비기도 한다. 산과 들 어디에나 솔솔 불지만 산과 들 어디에도 종속되지 않는다. 바람은 모든 곳에서 태어나 모든 곳으로 돌아간다. 이러한 속성을 모른 채 산에 사는 사람은 바람 쐬러 산으로 오라 하고, 들에 사는 사람은 들로 오라 한다. 각자가 바람의 유일한 경험자처럼 군다. 지금 내 작은 방 안 살짝 열린 창문 틈으로도 이렇게 보드라운 바람이 스며들고 있는데.

인간 내면에는 본시 모든 감정들이 담겨있다. 거지의 감정부터 왕자의 감정까지 없는 게 없다. 모두가 하나로 연결된 세상에서 창조된 왕자와 거지는 동일한 마음 보따리를 공유한다. 왕자도 때때로 거지의 감정을 느끼며, 거지도 때때로 왕자의 감정을 느낀다. 단지 사람마다 좋은 감정과 나쁜 감정의 위치가 서로 다를 뿐이다. 경험하고 싶은 감정이 무의식 깊숙한 곳에 박혀있는 경우도 있고, 표면의식 가까이 근접한 경우도 있다. 대체로 나쁜 감정은 표면의식 주변에 머물고, 좋은 감정은 무의식 저 밑바닥에 자리한다. 희소식 중의 희소식이다. 좀 먼 길을 떠나야 할지언정 내 밖이 아닌 내 안에 좋은 감정이 존재한다는 걸 알았으니. 그렇다면 지금부터 좋은 감정을 찾아 떠나보자.

이해를 돕기 위해 한 가지 예를 들어보겠다. 아래쪽부터 차례대로 빨주노초파남보 색상의 블록을 쌓아뒀다고 하자. 만약 블록 탑을 무너뜨리지 않으면서 맨 아래쪽에 위치한 빨간색 블록을 꺼내고 싶다면 어떻게 해야 할까? 가장 먼저 보라색 블록을 내려놓은 다음, 빨간색 블록이 모습을 드러낼 때까지 남색 블록, 파란색 블록 순으로 치워나가면 된다. 좋은 감정에 접근하는 방식도 이와 같다. 대체로 표면의식에는 나쁜 감정, 무의식에는 좋은 감정이 자리하므로 가장 위쪽의 나쁜 감정부터 다뤄야 한다. 나쁜 감정을 회피하지 말고 똑바로 직면해야 다음 단계로 가는 문이 열린다. 혹자는 평생토록 나쁜 감정만 느껴왔다고 푸념할지도 모르겠다. 이보다 더 나쁜 감정을 느끼기도 어려울 만큼 충분히 매몰됐었다고 주장할 만도 하다. 하지만 나쁜 감정과 한 덩어리가 된 채로 분노하거나 주눅 드는 건 나쁜 감정에 휘둘린 것이지 나쁜 감정을 정화시킨 게 아니다. 감옥 안에서 난동을 피웠다고 탈출에 성공한 건 아니듯이.

가령 열등감이 불쑥 일어났다고 하자. 보통 두 부류의 반응으로 나뉜다. 화가 하늘까지 치솟거나 폭삭 기죽어 지하 끝까지 움츠러든다. 방향은 서로 다르지만 둘 다 열등감으로부터 최대한 멀리 도망치려는 시도에 불과하다. 날것의 열등감은 아직 맛보지 못한 상태다. 열등감의 본

체와 마주하면 일단 할 말을 잃게 된다. 남 탓, 사회 탓, 팔자 탓, 심지어 내 탓까지도 단숨에 수그러든다. 외부 세상은 흔적도 없이 사라지고 또렷한 내 의식과 열등감만이 남는다. 이때의 열등감은 상대적인 것이 아니라 절대적인 것이다. 타인에 비해 못났다기보다 그냥 못났다는 느낌이 마음 에너지 형태로 출렁인다. 처음에는 충격적이다가 점차 괴로워지고 명상의 끝자락에 도달하면 깊은 참회가 몰려온다. 이윽고 카타르시스 내지는 황홀감이 배어들고 이로써 열등감의 블록이 완전하게 내려놓아진다. 드디어 다른 층위로 넘어가게 된 것이다. 열등감의 장막을 걷어냈으므로 갖가지 좋은 감정들이 자연스럽게 솟아오른다. 다음 생으로 빨리 건너가 느껴보고 싶었던 감정들을 이번 생에 만나게 되다니…. 마음 세상의 신비는 끝이 없다.

무의식은 우주보다 더 큰 보물섬이다. 물질 세상이 아닌 내면으로 보물을 찾아 떠나는 용자만이 단 한 번의 인생으로 모든 것을 경험한다.

••• 3 •••

후회스러운 과거 속에
담긴 선물

인생에서 벌어지는 모든 일들은 당신을 위해 일어난다.
너무 이르지도 않게, 너무 늦지도 않게.

–바이런 케이티–

"새해가 됐으니 의욕적으로 살아보자!"라고 결심하는 순
간, 무언가 발목을 붙잡는다. 바로 과거에 대한 후회다. "난
참 바보처럼 살았군요." 평소 무심코 흘려들었던 노래 가
사가 오늘따라 가슴에 사무친다. 과거를 돌아보면 후회되
는 일투성이다. 어리석은 의사결정, 미흡한 처신, 잘못된 언
행…. 무엇 하나 만족스러운 부분이 없다. 후회로 점철된 과
거가 철옹성처럼 버티고 서서 내 앞길을 계속 가로막는다.
시간 낭비하고 싶지 않은데 후회감에 한 번 젖어 들면 지나

간 과거를 곱씹고 또 곱씹는다. 그때 그 순간으로 다시 돌아간 듯 숨이 가쁘고 얼굴이 화끈거린다. 아무리 따져봐도 억울하고 원망스럽다. 아무리 생각해도 미안하고 부끄럽다. 작년에도, 10년 전에도 늘 떠올랐던 상념 속에서 한참을 배회하다가 겨우 현실로 복귀한다. 후회하느라 아까운 시간을 허비한 탓에 또 다른 후회가 몰려온다. 되풀이되는 후회의 악순환에서 벗어나려면 어떻게 해야 할까? 먼저 후회를 반복하는 이유부터 살펴보자. 첫째, 과거에 대한 후회는 나쁜 것이라면서 무조건 밀어내려 했기 때문이다. 둘째, 수박 겉핥기식 후회만 거듭했기 때문이다. 각각의 원인을 구체적으로 들여다보면 해결책이 도출된다.

뼈저린 후회감은 전광석화같이 삽시간에 불타오른다. 마음의 준비를 마칠 겨를도 없이 갑자기 덮친다. 무탈하게 흘러가는 일상생활 속 여러 자극원에 의해 후회감이 온몸으로 퍼져나간다. 길거리에서 마주친 구김살 없는 아이의 표정, 멀리하고 싶은 직장 동료의 문자 메시지, 환절기에 찾아온 감기 몸살 등등 자극원의 종류는 천차만별이다. 왜 그것 때문에 후회감이 몰려오는지 남들에게 설명하려면 긴 이야기를 풀어내야 하는 각자의 비밀스러운 사정에 따라 자극원이 결정된다. 해당 자극원은 무의식을 건드리고 과거의 기억들이 하나둘씩 되살아난다. 판도라의 상자를 건드린 듯한 느낌에 극강의 두려움이 엄습한다. 얼마나 후회스러운 일인지 너무나도 잘 알기에 자신도 모르게 방어적인 자세를 취한다. 그 당시 전후 상황을 떠올리며 후회하는 것조차 고통일 만큼 몹시 후회스러워서 기억이 흘러나오는 통로를 막아버린다. 시치미를 뚝 떼고 아무 일도 없었던 듯 태연하게 살아간다. 어딘가 모르게 찝찝하고 불안정한 느낌은 떠나질 않겠지만.

어떤 감정이든 사람에게 버림받으면 급속도로 커진다. 후회감 또한 예외가 아니다. 후회감은 나쁜 것이라며 밀어낼수록 하루가 멀다 하고 자라난다. 현재 주어진 일에 집중하는 척해봤자 소용없다. 깔끔하게 잊혀졌다고 믿었던 과거의 기억과 합심하여 후회감은 매일매일 몸집을 키워나간다. 그러다가 가장 결정적인 순간에 인간의 의식을 강타한다. 정신을 차리기 힘들 정도로 이리저리 뒤흔들면서 인생 전반에 걸쳐 샅샅이 후회하도록 만든다. 단 한 순간도 괜찮게 살아낸 적이 없는 것 같다. 모든 선택이 잘못됐고, 모든 관계가 잘못 맺어진 듯하다. 후회하지 않아도 될 일까지 후회하며 스스로를 세상에서 가장 바보 같은 존재로 몰아간다. 비대해진 후회감은 의식 장악력이 워낙 크기 때문에 빠져나오기도 어렵다. 따라서 자잘한 후회가 큰 후회로 번지지 않도록 제때 마음의 문을 열어야 한다.

수박 겉 표면만 만지작거리면 수박 특유의 달콤한 맛을 음미할 수 없다. 후회도 마찬가지다. 표피적인 후회만으로 삶이 변하진 않는다. 과거의 기억이 떠오르면 머릿속은 즉각 번잡해진다. 수다스러운 생각들이 조잘댄다. '내가 왜 그때 그런 선택을 했을까?', '그 사람한테 속 시원하게 얘기라도 해볼걸.' 태풍의 눈 속으로 과감하게 들어가지 못하고 예전에 벌어진 상황 주변만 빙빙 맴돈다. 힘겨운 과거를 겨우 돌이켜 놓고 무익한 후회에서 시작해 무익한 후회로 끝낸다. 후회하면 뭔가 달라질 것 같은 막연한 믿음에 근거하여 후회 중독에 빠진다. 시시때때로 후회하느라 헛되게 써버린 시간과 에너지는 차치해 두자. 더 큰 문제가 남아있으니. 얕은 후회의 치명적인 부작용은 무늬만 다르고 알맹이는 동일한 사건의 재생산을 멈추지 못한다는 점이다. 과감하게 용기 내지 못했던 순간을 말로만 후회하면 도무지 용기 낼 수 없는 상황만 계속 벌어진다. 버림받을까 봐 누군가에게 매달렸던 자신을 나무라기만 하면 또다시 버림받는 현실이 창조된다. 과거를 소환한 다음 후회만 하는 것은 환자의 상처 부위를 발견한 의사가 적절한 치료는 하지 않고 "많이 아프시겠어요."라고 말한 뒤 줄행랑치는 것과 같다. 날이 갈수록 상처는 깊어지고 통증은 지속된다. 과거에 대한 후회감은 심정적 괴로움 이상의 의미를 갖는다. "당신의 삶을 획기적으로 바꿔줄 깨달음이 여기에 있어요!"라는 수호천사의 속삭임이기도 하니까. 감당하기 어려운 후회감을 그 당시 그런 일이 발생할 수밖에 없었던 이유를 밝혀내 좀 더 높은 차원으로 도약하라는 신호로 받아들이면 삶도 변화하고 마음도 편해진다.

누구나 후회될 법한 상황은 피하고 싶었다. 인생 수업의 일환으로 겪게 되는 몇몇 시련들은 논외로 하더라도 무엇에 홀린 듯 스스로 긁어 부스럼 만드는 건 납득하기 어렵다. 도대체 왜 눈앞의 물웅덩이를 보고도 기어이 한 발짝 내디뎌 신발을 적시고 마는 걸까? 후회할 줄 알면서도 불행이 예견된 일을 저지르는 이유는 나의 행복에 무관심한 에고가 의사결정을 내리기 때문이다. 예컨대 미움받을 용기가 없는 에고의 경우 지금 이 순간 미움받지 않는 게 최우선 목표다. 술이 건강에 좋지 않다는 걸 자각하면서도 드센 친구들의 연락을 차마 거절하지 못한다. 내 입장은 전혀 고려하지 않고 막무가내로 불러내도 '어떻게든 나가야 돼!'라는 압박감에 휩싸인다. 퇴근 후 조용히 쉬고 싫었으나 어느새 옷을 주섬주섬 꺼내 입고 있다. 미움받을까 봐 너무 두려워서 녹초가 된 몸 상태는 관심 밖이다. 에고의 조종을 받을 땐 근시안적으로 판단하기 때문에 내일 아침 얼마나 피곤할지 내다보지 못한다. 미래의 정신적 육체적 고통보다 중요한 건 현재의 미움 회피다. 더군다나 모임에 참석함으로써 미움받지 않을 수 있다는 생각은 에고의 논리일 뿐이다. 하나만 알고 둘은 모르는 에고의 사고체계에서 도출된 결론이다. "당장 나오면 너를 사랑해 줄 거고, 그렇지 않으면 미워할 거야."라고 직접 말한 사람은 단 한 명도 없다. 에고의 망상을 무턱대고 받아들인 뒤 혼자 전전긍긍한 것이다. 따라서 에고가 내 인생에 어떤 식으로 개입하여 후회스러운 상황을 초래했는지 살펴보는 게 중요하다. 에고의 행동 양식이 눈에 훤히 보여야 비슷한 상황의 반복을 멈출 수 있기 때문이다.

인생에 지대한 영향을 미쳤던 후회스러운 일들의 가짓수는 생각보다 많지 않다. 한 번의 잘못된 선택을 두고 수백 번 후회한 탓에 여태껏 많은 일들이 벌어졌던 것처럼 착각할지 모르나 실제로는 손에 꼽을 정도다. 가령 열 개 안팎이라고 해보자. 노트를 펼친 다음 왼쪽 페이지에 심히 후회되는 일들을 순서대로 적는다. 그리고 오른쪽 페이지에는 각각의 일과 관련된 에고들을 나열하라. 예를 들면 이별을 통보한 이성친구에게 울고불고 매달렸던 것이 후회된다고 하자. 어떤 에고 때문에 그와 같이 행동했던 것일까? 부모로부터 받지 못했던 사랑을 채우려는 에고, 누군가에게 의존해야만 생존할 수 있다고 믿는 에고, 버림받는 것을 생명의 위협과 동일시하는 에고 등등이 복합적으로 작용한 결과다. 이 에고들이 상황을 어떻게 전개시켰는지 관찰자 입장에서 바라보면 정형화된 행동 패턴이 드러난다. 에고의 전략을 확실히 간파했으므로 훗날 비슷한 처지에 놓였을 때 현명하게 대처하게 된다. 과거에 대한 얕은 후회로 끝내지 않고 후회스러운 상황 속으로 깊숙이 들어가 그 원인을 면밀히 분석한 뒤 깨달음을 얻어나오면 더 나은 미래를 창조할 수 있다.

과거는 멀리서 보면 후회할 것투성이지만 가까이서 보면 삶의 지혜가 담긴 그릇이다. 과거에 대한 후회감이 몰려온다고 해서 잔뜩 겁먹을 필요 없다. 현재의 나에게 전하고 싶은 메시지가 있어 나를 찾아왔을 뿐이니까. 뼈저린 후회감은 앞으로 동일한 고통을 겪지 않길 바라는 순수의식이 보내준 선물이다. 후회감이라는 포장지를 과감히 벗겨내어 영롱하게 빛나는 깨달음을 발견하길 소망한다.

4

시도 때도 없이 몰려오는
불안감

> 당신이 주먹을 쥐고 있으면
> 인생은 당신에게 아무것도 건넬 수 없다.
>
> -루이스 헤이-

화창한 하늘 위 구름은 유유히 흘러가고 전쟁 같았던 일상도 어느덧 안정되었다. 그러나 알 수 없는 불안감이 내 뒤꽁무니를 졸졸 쫓아다닌다. 커피숍에 앉아 아메리카노를 마시다가도 불현듯 불안해지고, 경치 좋은 산책로를 걷다가도 갑자기 심장이 벌렁거린다. 머릿속에 특별한 걱정거리가 떠올랐다면 모를까. 아무 일도 없는데 그냥 불안하다. 불안감이 느껴진 이상 그 원인을 찾아야 할 것 같아 잠잠하던 머릿속을 복잡하게 만든다. '노후 자금을 충분히 모아두지 않아서 그런가? 요즘 사회 분위기가 흉흉해서 그런가? 건강상 문제가 생길까 봐 그런가?' 여러 가지 생각들이 스쳐 가지만 무릎을 탁 칠 정도로 꼭 들어맞는 원인이 떠오르지 않는다. 나와 비슷한 여건임에도 마음 편히 사는 사람들도 꽤 많다. 유독 나만 불안감에 사로잡힌 채 살아가는 이유를 알아보자.

'불안하다'는 건 무슨 뜻인가? 안정된 상태에서 벗어났다는 의미다. 여기서 '안정된 상태'란 무엇인가? 조화와 균형 속에서 순리대로 살아가는 상태다. 순리대로 산다는 건 무의식이 정화된 가운데 순수의식의 뜻에 따라 전개되는 삶을 말한다. 그렇다면 나는 왜 안정된 상태에서 벗어나게 됐을까? 인간의 내면은 '트램펄린'에 비유할 수 있다. 트램펄린 위에 구슬이 또르르 굴러다니는데 그 구슬은 '마음 상태'를 상징한다. 아무도 트램펄린을 건드리지 않을 땐 구슬이 정중앙에 안정적으로 위치한다. 그러나 트램펄린 위로 에고들이 하나둘씩 올라와 뛰기 시작하면 트램펄린은 사정없이 출렁거리고 구슬은 이쪽저쪽으로 튀어 올라갔다가 떨어지기를 반복한다. 에고들의 존재만으로 마음 상태가 불안정해지는 것이다.

좀 더 구체적으로 살펴보자. 가령 '열등한 에고'가 표면의식에 나타나서 열등감이 불쑥 올라왔다고 하자. 그 순간 나는 도피생활 중인 수배자가 된 심정이다. 남들에게 절대 들켜선 안 되는 존재가 내 안에 숨어있다는 생각이 들기 때문이다. 열등한 에고와 나를 운명공동체라고 간주하므로 그 존재를 들키면 세상 사람들로부터 지탄받게 될 것만 같다. 열등한 에고가 바깥으로 나올까 봐 전전긍긍하면서 온몸에 힘을 꽉 준다. 정신적으로 잔뜩 긴장한 결과 트램펄린의 출구가 막혀버린다. 열등한 에고는 빠져나갈 방법이 없어 트램펄린 위에서 이리저리 움직인다. 당연히 구슬은 한시도 가만히 있질 못한다. 마음에 안정감이 없으면 그런 내가 싫어지면서 열등한 에고가 한 명 더 생겨난다. 이제는 트램펄린 위에 두 명의 에고가 뛰어다닌다. 날이 갈수록 마음 상태는 더욱 불안정해지고 나중에는 감당하기 어려운 수준까지 도달한다. 참을 수 없을 만큼 괴로운 나머지 불안감을 잊어보려 고군분투한다. 땀을 뻘뻘 흘리며 운동도 해보고, 신나는 음악도 크게 틀어본다. 그러는 사이 에고들은 점점 늘어난다. 어느새 수십 명의 에고들이 트램펄린 위에서 돌아다니고 있다. 이젠 구슬이 어디로 갔는지 찾기도 힘들 지경이다. 마음 상태가 평온할 날이 없다. 극도의 불안감에 시달리느라 매 순간이 고역이다. 내면의 균형을 깨뜨리는 존재가 있으면 마음 상태는 늘 불안정하다. 따라서 트램펄린의 출구를 열어 악착같이 숨겨두려 했던 에고들을 에너지장 밖으로 내보내야 한다. 꽉 막힌 출구를 여는 열쇠는 분별심의 소멸이다. 즉 '나는 이러이러하면 안 돼!'라는 분별심을 내려놓아야 한다. 나는 열등감을 느끼지 않을 거야, 나는 무시당하지 않을 거야, 나는 상처받지 않을 거야 등 특정 결과를 고집하면 숨겨놓고 싶은 에고의 종류가 많아진다. 동시에 그 존재를 들킬까 봐 불안감에 떨어야 하는 순간들도 함께 늘어난다. 늘어나고 또 늘어나다 결국 하루 종일 불안하게 된다.

무의식 차원에서는 트램펄린을 둘러싼 벽이 투명하다. 세상 사람들 모두 은연중에 서로가 서로의 트램펄린 속을 꿰뚫어 보고 있다. 숨길 수 없는 에고의 존재를 감추려다가 괜한 불안감에 시달리지 말고, 그 존재를 알아차린 다음 있는 그대로 받아들여서 무의식을 정화하는 게 근본적인 해결책이다. 구슬이 한곳에 평온히 머물 때 비로소 마음 상태가 안정되고 불안감이 녹아내린다. 그리고 마침내 트램펄린과 구슬까지 사라지면서 영원불멸의 안정 상태에 접어든다.

5

평생 하기 싫은 일만
도맡는다면

당신의 과거와 화해하지 않으면
동일한 상황이 현재에 되풀이된다.

-웨인 다이어-

하기 싫은 일을 겨우 해냈더니 또 다른 하기 싫은 일이
주어진다. 어린 시절부터 줄곧 하기 싫은 일은 나에게만
몰려든다. 조금 싫은 정도가 아니라 죽기보다 싫은 일이
매일매일 나를 기다리고 있다. 가끔은 좋아하는 일도 하
고 싶은데 번번이 기회가 엇나간다. 도대체 어떤 에고들
이 이와 같은 현실을 창조한 걸까?

첫째, 행복하게 살 자격이 없다고 믿는 에고 때문이다.
그 에고는 대개 부모가 본인이 불행한 이유를 아이에게

서 찾을 때 생긴다. 특히 불행한 엄마가 아이의 양육을 담당할 경우 자연스레 악담을 퍼붓는다. "너만 없었으면 네 아빠와 이혼했을 텐데…. 너를 키우는 게 이렇게 힘들 줄 몰랐어. 차라리 나의 개인적 행복을 위해 살걸." 원망과 후회가 섞인 하소연을 자주 듣고 자란 아이는 자신도 모르게 엄청난 죄책감을 안게 된다. 존재하는 것 자체가 민폐인 상황에서 떳떳하게 인생을 즐길 순 없다. 본인 때문에 불행해진 엄마 앞에서 행복한 모습을 보이는 게 민망하고 죄스럽다. 게다가 불행이 극에 달한 엄마는 자녀의 행복을 목격하는 순간 자동반사적으로 분노한다. 불행의 원흉인 주제에 평온히 웃고 떠드는 걸 허락해 주지 않는다. 자그마한 꼬투리라도 잡아서 자녀의 기분을 엉망으로 만들어 놔야 공평해졌다고 여긴다. 자녀 입장에서는 좋았던 기분을 무참히 망치는 것보다 엄마가 지켜볼 땐 차라리 처음부터 불행한 채로 남아있는 게 더 낫다고 판단한다. 그러면서 행복해질 기회들을 스스로 차단하기 시작한다. 엄마에게 직간접적으로 '내가 이렇게 불행하니까 구태여 나를 공격하지 않아도 돼!'라는 메시지를 전달하기 위해 일부러 힘들고 괴롭게 산다. 과거에 배인 습관은 성인이 된 후로도 지속된다. 무의식적으로 내가 행복하면 엄마가 나에게 그랬듯 남들도 나를 공격할 거라고 생각한다. 고생스러운 시늉이라도 해서 행복한 모습을 숨기려고 애쓴다. 어릴 적 설치된 행복 차단 장치가 작동한 결과, 너무나도 하기 싫은 일에 왠지 모르게 관심이 간다. 충분히 피할 수 있는 상황임에도 어느새 내 몸이 그 일을 하고 있다. 에고의 마음 에너지가 표면의식보다 훨씬 강하기 때문이다. 유년 시절 행복을 억압받았던 기억은 하기 싫은 일을 담는 그릇이 된다. 그 그릇을 녹여내야만 하기 싫은 일이 더 이상 내 인생에 담기지 않는다.

둘째, 미움받는 느낌을 견디지 못하는 에고 때문이다. 좋아하는 일을 추구하려고 하면 괜히 주눅 든다. 뭔가 도의적으로 잘못된 기분이다. 이타적이고 올곧은 성격 때문일까? 아니다. 세상으로부터 미움받을까 봐 두렵기 때문이다. 내가 진심으로 좋아하는 일을 하며 산다는 건 순수의식의 뜻에 따르는 행위다. 다른 사람들이 아무리 비난의 화살을 맹렬히 쏘아대도 꿋꿋하게 나아갈 때 우주의 주인으로 거듭난다. 반대로 에고의 세력은 점차 소멸한다. 자신이 원하는 대로 인간의 육신을 움직이지 못하면 에고는 서서히 힘을 잃으며 끝내 사라진다. 하지만 호락호락 물러날 에고가 아니다. 비장의 전략을 구사하며 끝까지 물고 늘어진다. 가장 즐겨 사용하는 전략은 좋아하는 일 위주로 선택할 때마다 남들이 흉볼지도 모른다는 두려움을 만들어 내는 것이다. 일반적으로 머릿속에서 떠오른 생각은 이성적인 논리에 기반한다고 가정한다. 그러나 근거 자체가 없거나 근거의 설득력이 떨어지는 경우도 많다. 예컨대 '내가 하고 싶은 일을 하면 자기밖에 모르는 사람이라고 나를 욕할 거야!'라는 생각을 살펴보자. 이 생각은 에고가 여러 단어들을 마구잡이로 조합하여 만든 엉터리 문장에 불과하다. 실제로 미움받을 확률이 높아서 그런 생각이 떠오른 게 아니라 에고의 구미에 맞는 생각이 두뇌 속으로 주입됐을 뿐이다. 세상은 하기 싫은 일을 했다고 칭찬해 주고, 좋아하는 일을 했다고 비난하지 않는다. 무얼 하든 사랑 에너지가 넘치면 칭찬해 주고, 미움 에너지가 나오면 비난한다. 즉 에고의 논리는 틀렸다. 그렇다면 어떻게 해야 에고의 전략으로부터 자유로워질 수 있을까? 미움받을까 봐 두려운 느낌을 버텨내는 힘을 길러야 한다. 내가 하고 싶은 일을 하겠다고 선언할 때 몰려오는 두려움을 받아들인 가운데 조금씩 조금씩 전진해 보자.

셋째, 나의 인생을 그르치려는 에고 때문이다. 지난날을 되돌아보면 진심으로 하기 싫었던 일도 있지만 그렇게까지 하기 싫어했던 게 의아스러운 일도 있다. 후자의 경우 나를 실패자로 전락시키고 싶어 하는 에고가 작용한 결과다. 발전적인 미래를 원한다면 반드시 해내는 게 득이 되는 일임에도 그 에고는 죽기보다 하기 싫다는 마음을 생성해 낸다. 매사에 열정적으로 임하려고 하면 느닷없이 온몸이 쑤시고 괜스레 내 운명이 서글픈 듯하다. 정말 하기 싫은 일이라서 하기 싫은 마음이 들었다면 괜찮을 텐데 꼭 해내고 싶은 일까지 훼방 놓는다. 너무나도 하고 싶은데 너무나도 하기 싫은 모순적 감정 상태에 빠진 채 스트레스만 받다가 목표 지점 바로 앞에서 포기해 버린다. 하기 싫다고 외치는 에고의 목소리가 지나치게 큰 나머지 그때 당시엔 내면의 목소리를 따라갔다고 착각하기 쉬우나 시간이 흐를수록 내 진심이 아니었음을 알게 된다. 따라서 현재 하기 싫은 마음이 본인의 진심인지 에고의 꼬드김인지 명확히 구별해야 한다.

생각보다 많은 사람들이 진실로 하고 싶지 않은 일에서 벗어나지 못한다. 왜냐하면 무언가 하기 싫다는 자신의 마음을 묵살하기 때문이다. 어차피 억지로라도 해내야 할 일이므로 일단 참는 것이 능사라고 여긴다. 무의식 속에 억눌린 그 마음은 하기 싫은 일을 계속해서 불러들인다. 산 넘어 산이다. 힘들다고 피할 수도 없는 노릇인데 도대체 어찌해야 한단 말인가. 문제 속에 답이 있다. 하기 싫다는 마음을 참아서 생긴 문제니 이제부턴 참지 않는 게 답이다. 누가 들어주지 않아도 "나 이 일 정말 하기 싫어!"라고 혼자 중얼거려 보자. 그런 다음, 세상에서 가장 이해심 깊은 전지전능한 존재로부터 이런 답변이 왔다고 상상해 봐라. '가장 중요한 건 너의 행복이야. 그렇게 싫으면 하지 않아도 돼. 나머지는 내가 다 책임져 줄게.' 단 몇 초 안에 현실이 달라졌을 리 만무함에도 마음이 한결 평온해질 것이다. 하기 싫은 마음을 이해받았다는 사실만으로도 돌덩이가 얹힌 듯 답답했던 가슴이 활짝 열린다. 이 문을 통해 무의식에 고여있던 탁한 마음 에너지가 풀려나가면서 인생의 흐름이 확연하게 달라진다. 어느덧 내가 하는 모든 일은 즐거움의 원천이 된다. 숙제 같았던 삶이 축제로 바뀔 때 나는 현실을 꿈꾸듯 산다.

<center>• 6 •</center>

<center>부자가 되고 싶다는
소망의 진실</center>

> 혼란을 수습하는 가장 좋은 방법은
그 상황이 흘러가는 대로 놔두는 것이다.
모든 상황은 결국 스스로 멈추게 되어있기 때문이다.
>
> -그라시안-

당신은 억만장자가 되고 싶은가? 지루하기 그지없는 일상에서 벗어나 호화로운 삶을 누리고 싶은가? 질문하는 게 무의미할 정도로 모두 부자가 되길 원한다. 하지만 주입식으로 품어온 그 소망 이면에는 미처 알아차리지 못한 마음이 도사리고 있다. '나는 많은 돈을 벌어야만 사랑받을 수 있는 존재'라는 굳건한 믿음이 바로 그것이다. 심신의 건강을 포기하면서까지 돈벌이에 집착하는 이유를 찬찬히 곱씹어 보자. 번듯한 집에 살고 싶기 때문에, 안락한 노후 생활을 원하기 때문에, 남 부럽지 않게 자식을 키우고 싶기 때문에 등등 다양한 동기들이 떠오를 것이다. 개인마다 돈의 쓰임새가 각양각색인 듯 보이지만 궁극적으로 바라는 건 다 똑같다. 각자 정해둔 행로를 따라 '좋은 감정 상태'에 다다르길 바란다. 공통적인 최종 목표는 결국 좋은 감정이다. 만약 원했던 만큼의 막대한 부를 쌓더라도 그 어떤 행복이나 즐거움을 느낄 수 없다면 어떨까? 돈에 대한 집착이 절반 이하로 떨어질 게 분명하다. 생계 유지를 위해 기본적인 경제 활동은 지속하겠지만 예전만큼 악착스럽게 매달리진 않을 것이다. 단순히 부자가 되는 게 소망의 본질일 경우 좋은 감정을 느낄 수 있는지 여부가 내 의욕에 아무런 영향을 미치지 말아야 한다. 긍정적인 감정을 느끼지 못하는 부자의 삶이 탐탁지 않은 걸 보면 외견상 돈을 추구하는 것처럼 보였으나 실질적으로는 좋은 감정을 좇아갔음을 알 수 있다. 그렇다면 사람들은 왜 좋은 감정을 지향할까? 일차원적으로 '그냥 기분이 좋으니까.'라고 결론짓기엔 뭔가 꺼림칙하다. 기분이 좋은 게 왜 좋은지에 대한 답변이 필요해 보인다.

영혼의 고향인 순수의식을 떠나 지구별에 태어난 순간부터 각각의 인간 개체는 무한한 사랑과 분리된다. 무의식 어딘가에 저장돼 있는 한없이 따스했던 기억은 인간 개체로 하여금 거부할 수 없는 이끌림에 의해 사랑을 찾아 나서도록 만든다. 사랑을 향한 근원적인 그리움이 모든 이의 가슴속에 박혀있기 때문이다. 지금이라도 당장 순수의식의 품으로 돌아가고 싶지만 순수의식과 인간 개체 사이에는 사회적 관습에 찌든 에고들이 두텁게 쌓여있다. 그 에고들을 전부 정화하기 전까진 무한한 사랑을 직접 경험하기 어렵다. 따라서 부득이하게 물질 세상에서 사랑과 비슷한 느낌을 자아내는 감정을 얻으러 다닌다. 진정한 사랑의 모조품에 불과한 좋은 감정을 획득하려고 백방으로 노력한다. 특히 자본주의 사회는 각종 매체를 통해 돈과 긍정적인 감정을 연계시켜 두는 경우가 많으므로 대다수의 사람들이 부자가 되길 꿈꾼다. 하지만 사랑을 얻기 위한 목적으로 돈을 벌다 보면 매사가 힘들어진다. '이러다가 평생 사랑 한 번 받아보지 못하고 내 인생이 끝나버리면 어떡해.'라며 매일매일 불안해한다. 사랑받고 싶은 마음에 끌려다닐 경우 에너지가 쉽게 고갈된다. 편안하게 누워 휴식을 취하고 싶어도 사랑받고 싶은 에고가 귀에 대고 쉼 없이 속삭인다. "이렇게 살면 세상으로부터 버림받을걸? 너 같은 존재는 돈이라도 많아야 사랑받을 수 있어!"이 말을 듣고 나니 심장이 벌렁거린다. 쉬는 것도 아니고 일하는 것도 아닌 상태에서 몸과 마음이 점점 지쳐간다. 돈을 좇는 척하며 사랑을 좇는 에고로부터 벗어나야 매 순간 노심초사하지 않게 된다.

완전한 해방을 위해서는 가장 먼저 내 안에 돈보다 사랑이 고픈 에고가 있다는 걸 알아차려야 한다. 이로써 절반의 성공은 거둔 셈이다. 다음으로 돈이 없는 내가 가진 사랑도 무한대이고, 돈이 많은 내가 가진 사랑도 무한대라는 사실을 받아들여야 한다. 보유한 돈의 양과 순수의식이 선사한 사랑의 양은 비례하지 않는다. 부자인지 여부와 무관하게 나에게 할당된 사랑은 언제나 무한대다. 마음을 깨끗이 닦아야 한다는 전제 조건이 붙을지라도 무한한 사랑은 내가 다가올 때까지 영원히 기다려 준다. 무의식이 점차 비워질수록 사랑의 빛줄기가 나를 감싸고 돈다. 폭포수처럼 쏟아지는 사랑에 마음이 충만해진다. 구태여 돈으로 사랑을 구매하려 들 필요 없다는 걸 깨닫게 된다. 모든 인간은 '사랑 백지 수표'를 갖고 이 세상에 태어났다. 단지 외부 세상만 바라보느라 '참나 은행'에 들러 그 수표를 발행받지 않았을 뿐이다. 이와 같은 자각을 통해 늘 내 곁에 있던 사랑이 심안으로 보인다. 사랑은 사회나 타인이 줄 수 있는 게 아니다. 돈으로 살 수 있는 건 더더욱 아니다. 진정한 사랑은 나의 마음속에서 발견하는 것이다.

어렴풋하게나마 무한한 사랑과 만나면 돈을 억척스럽게 벌어야 한다는 부담감이 사그라진다. 사랑이 이자로 붙는 돈은 없다. 돈을 벌면 돈만 벌린다. 이 사실은 중요한 의미를 갖는다. 돈을 오직 돈으로만 인식하게 만들기 때문이다. 즉 돈에 대한 환상을 소거하여 부담감을 줄여준다. 돈 주변에 사랑의 아우라가 보인다면 그것은 사랑이 고픈 에고가 생성한 신기루다. 나는 이미 사랑으로 빈틈없이 채워진 존재라는 걸 인지할 때 돈을 좀 더 가볍게 대하게 된다. 그 결과 사랑에 돈이 이자로 붙는 삶이 펼쳐진다.

7

내려놓음과 체념은
동의어가 아니다

스스로를 믿을 때
어떤 일도 일어나게 할 수 있다.

-괴테-

원하는 목표를 쟁취하며 거침없이 살아가는 사람도 많은데 세상은 유독 나에게만 내려놓길 요구하는 것 같다. 꿈을 향한 간절함이 커질수록 단념할 수밖에 없는 상황이 연이어 벌어진다. 눈 깜짝할 사이 인생은 이리저리 얽히고설켜 도저히 손쓰기 어려울 정도에 다다른다. 더 이상 수습 불가능하다는 결론이 내려지면 '진인사대천명'을 떠올린다. 인간으로서 할 수 있는 게 없으니 하나둘씩 체념하기 시작한다. 청춘을 다 바쳐서라도 반드시 이뤄내고 싶었던 꿈에게 눈물의 작별 인사를 고하고 평범한 소시민으로 돌아갈 채비를 서두른다. 그동안의 삶이 실패로 점철됐던 이유는 지나친 욕심과 집착 때문이었음을 깨닫고 무욕의 경지에 도달하기 위해 무진장 애를 쓴다. '결국 한 줌의 흙으로 돌아갈진대 돈과 명예에 얽매여 살다가 훗날 후회할 게 분명해. 무심히 흘러가는 강물처럼 하루하루 자족하며 살자.' 괜한 기대를 품었다가 매번 실망하느라 이만저만 힘든 게 아니었는데 눈 딱 감고 탐심을 벗어던지니 마음이 한결 편해진 듯하다. 세상만사 하늘의 뜻에 맡기며 살라는 옛 성현의 가르침은 틀리지 않았다. 입가에 옅은 미소가 번지고 얼굴빛은 점점 밝아진다. '이와 같은 마음 상태만 평생 유지할 수 있다면 세상을 다 가진 기분일 텐데….' 현대인으로서 세속적인 가치를 추구하며 살았던 지난날이 후회스러울 지경이다. 꽉 움켜잡았던 집착이 떨어져 나간 후 내면은 온통 봄날의 축제 현장이다. '진작 내려놓고 살걸. 이렇게까지 편할 줄은 몰랐어.'

온몸을 휘감는 기쁨도 잠시. 얼마 지나지 않아 뜨거운 불덩이가 명치 쪽에서 스멀스멀 올라온다. 잠깐 사이에 정신연령이 십분의 일 토막 난 듯 금세 징징거리는 아이가 되어 투덜댄다. '왜 나만 내려놓고 살아야 돼? 이 세상엔 욕심을 채우면서 잘 먹고 잘사는 사람들도 많은데 말이야.' 괜스레 억울하고 왈칵 짜증이 난다. 불과 몇 분 전깔끔하게 버려진 줄 알았던 집착이 다시금 고개를 빼꼼내민다. 부질없다며 등 돌렸던 돈과 명예가 눈앞에 아른거린다. 그렇다고 예전처럼 탐욕을 부리자니 목표에 악착같이 매달릴 힘은 떨어진 상태다. 최선의 노력이 수포로돌아갔을 때의 좌절감은 지겨울 만큼 자주 느껴봤으므로한 번 더 도전하는 것조차 두렵다. 내려놓기엔 아쉽고, 집착하기엔 힘겹다. 강단 있게 한쪽을 선택하지 못한 채 어정쩡하게 내려놨다가 다시 들어 올리기를 반복한다. 이는내려놓음과 포기를 동일시한 결과다.

진정한 내려놓음이란 꿈을 이루고 싶은 마음을 억누르거나 내팽개치는 게 아니다. 꿈에게 날개를 달아준 다음드넓은 하늘로 되돌려 보내는 것이다. 예를 들어, '사회적으로 성공하고 싶은 마음'을 품었다고 하자. 이때 두 가지반응을 보이는 게 일반적이다. 그 마음과 완전히 한 덩어리가 된 가운데 정신없이 살거나 그 마음을 애써 외면하며 밀어낸다. 성공을 유일무이한 목표로 삼은 뒤 물불 가리지 않고 덤벼들거나 가슴 설레는 꿈을 꾸깃꾸깃 접어두고 생기 빠진 눈빛으로 무기력하게 지낸다. 두 경우 모두 마음 에너지에 철저히 장악당한 상태라는 공통점을 갖는다. 전자는 성공해야 한다는 생각을 주입받은 후 마음 에너지에 질질 끌려다니면서 인간의 존엄성과 도의심을 잃어버린다. 후자는 마음 에너지를 억압하느라 남들보다 많은 일을 하지 않아도 혼자 기진맥진하게 된다. 어떤 마음을 꽉 움켜잡든 꾹 억누르든 한곳에 고인 마음 에너지는 한껏 사나워지고 인생이 순리대로 흘러가는 걸 방해한다. 그 결과 갈망하던 꿈이 이뤄지든 말든 불행으로 끝을 맺는다. 특정 목표에 혈안이 되면 여타 소중한 것들을 잃기 마련이고, 한 번도 내보이지 못한 꿈은 그 자체로 고통이기 때문이다. 무언가 소망하는 마음을 자유롭게 풀어줘야 인생이 정상 궤도로 복귀한다.

인간은 왜 어떤 것을 간절하게 꿈꾸고 그것에 집착하는 것일까? 가령 유년 시절 궁핍한 가정환경으로 인해 가난하다고 놀림받을까 봐 두려운 에고가 생겼다고 하자. 이 에고는 '반드시 부자가 될 거야!'라는 소망을 만들어 낸다. 얼핏 당연한 귀결로 비칠지 모르나 문제는 순수하게 소망하는 것이 아니라 가난했던 기억의 괴로움을 덮는 수단에 그친다는 점이다. 풍요로운 삶이 좋아서 부자를 꿈꾸기보다 가난이 싫어서 돈을 번다. 가난을 심하게 증오

할수록 돈에 대한 집착은 병적으로 커진다. 부자로 탈바꿈하기 전까지 매 순간이 고역이다. 두려움에서 뻗어 나온 소망은 두려움을 양산한다. 굴욕감을 안겨줬던 가난이 재현될까 봐 두렵고, 예기치 못한 일로 보유 재산을 잃게 될까 봐 두렵고, 초라한 처지가 평생 지속될까 봐 두렵다. 겉으론 소망을 품은 듯 보였지만 사실상 두려움을 품었던 것이다. 두려움으로 만든 소망의 본질은 두려움이기 때문이다. 심지어 어느 순간 두려움이 도를 지나치면 부자가 되고 싶다는 마음을 부정하기에 이른다. '괜한 욕심 부리지 말자. 이 정도면 충분한걸? 나는 현재 삶에 만족해.' 다소 민망한 표정으로 스스로를 설득하며 억지스러운 위안을 받아들인다. 상처받은 에고의 소망에는 가시가 돋쳐 있다. 그것을 붙잡는 사람이나 밀어내는 사람이나 다치기 마련이다. 더욱이 에고의 소망은 순수의식의 목소리를 차단한다. 근사해 보이는 소망을 따라가면 인생이 술술 풀릴 줄 알았건만 순수의식의 뜻에 반한 대가로 많이 노력하고 많이 잃는다. 따라서 피어오른 소망 이면의 에고를 알아차린 후 정화시켜야 한다.

　이루어지지 않을까 봐 두려운 소망은 대개 에고가 만든 소망이다. 두려움을 동반한 소망이 떠오르면 온몸에 긴장을 풀고 이와 같이 말해보라. "소망아, 안녕. 완전한 자유를 얻기 위해 나를 찾아왔다는 걸 알아. 네 속에 배인 상처의 아픔을 치유받길 원하는 거지?" 차분하게 소망과 대화를 나누는 사이 자연스럽게 거리가 생긴다. 이로써 그 소망이 발생시키는 마음 에너지에 끌려가지 않고 관찰자의 눈으로 내면을 들여다볼 수 있게 된다. 천천히 호흡하면서 "어떤 상처로 인해 이와 같은 소망을 품게 되었니?"라고 물어보자. 조금씩 과거의 기억과 진솔한 감정이 표면의식 위로 올라올 것이다. 돈 문제로 다투던 부모님의 모습, 매사에 자신 없던 학창 시절, 경험의 폭이 좁아 별것 아닌 일에도 항상 긴장하던 습관…. 어떤 생각이나 느낌이 떠오르든 거부하지 말고 그저 흐름에 맡겨라. 처음에는 격렬한 마음 에너지가 온몸을 뒤흔드는 바람에 내면이 일시적으로 괴로워질 수 있다. 그러나 피부에 박힌 가시를 빼낼 때 잠깐의 고통을 겪어야 하듯 무의식에 엉겨붙은 에고의 경험 정보를 떼어내려면 불가피한 과정이다. 마냥 밝아 보이는 소망 뒤편의 상처받은 에고를 알아차릴수록 거세게 일어났던 마음 에너지가 잠잠해진다. 이와 더불어 기필코 이뤄내고 싶었던 소망도 서서히 놓아주게 된다. 가식적으로 평온한 척하던 예전과 달리 내면 깊숙한 곳부터 안정감이 흐른다. 체념은 간절히 원하지만 어쩔 수 없이 포기하는 것인 반면 내려놓음은 간절함의 굴레에서 벗어나는 것이다. 간절함은 상처받은 에고의 흉터일 뿐 젊은 날의 뜨거운 열정이나 신념이 아니다. 지나치게 달아오른 소망은 삶을 무겁고 힘들게 만든다. 따라서 어깨를 짓누르는 벅찬 소망으로부터 자유로워져야 한다.

상처받은 에고와 그 에고가 붙잡았던 소망이 순수의식으로 돌아가면 무의식은 텅 빈다. 하루 종일 떠나지 않던 걱정과 근심 대신 순수의식에서 피어난 소망이 무의식을 채우기 시작한다. 드디어 진정한 소망으로 가는 비행기에 몸을 실은 것이다. 이제 남은 건 창문 밖 하늘 풍경을 마음 편히 감상하는 일이다. 순수의식의 힘으로 아름다운 꿈이 현실 위에 펼쳐지는 장관을 흐뭇하게 지켜보면 된다. 소망행 비행기가 목적지에 도착할 때까지 되도록 많이 웃고 행복하길.

8

하늘은 과연 견딜 수 있는
시련만 주는가?

강력한 힘은
기꺼이 스스로를 낮추고
감히 그 힘을 쟁취하는 자에게 주어진다.

-도스토옙스키-

"당신 삶에 혹독한 시련이 일어난 이유는 당신만이 그 시련을 이겨낼 수 있기 때문이래요." 따뜻한 위로의 말은 정말 고맙지만 듣는 순간 머리가 지끈거리고 숨이 턱 막힌다. '아무래도 하늘이 저를 과대평가한 것 같은데요?' 라고 반문하려다가 상대방의 진심 어린 표정에 겨우 입을 틀어막는다. 세상 물정 몰라서도 아니고 남들보다 정신력이 나약해서도 아니다. 상식적이고도 객관적으로 생각해 봤을 때 나에게 불어닥친 시련은 도를 지나친 듯하다. 하늘이 나보다 몇 배는 더 단단한 사람에게 보내려던 시련이었는데 배송 착오로 주인을 잘못 찾아온 건 아닌지 의심스럽다. 그러나 마음 세상으로 깊숙이 들어가다 보면 다음과 같은 결론에 도달하게 된다. 첫째, 전지전능한 하늘이 배송 착오를 범할 리 없다. 즉 시련은 주인을 제대로 찾아왔다. 둘째, 시련을 무조건 견뎌내는 게 능사는 아니다. 인간의 나약함을 받아들임으로써 신성의 강인함이 드러나도록 만드는 계기로 삼아야 할 때도 있다.

참기 힘든 시련이 연이어 발생하면 매일 밤 눈물로 베갯잇을 적시기 일쑤다. 추적추적 흘러내리는 눈물을 닦아내며 이대로 무너질 순 없다고 다짐한다. 수십 년간 어렵게 걸어온 길이 머릿속에 선명히 펼쳐질수록 어떻게든 버텨보고 싶어진다. 여기서 포기하는 건 지금까지 외로워도 슬퍼도 꿋꿋하게 살아내 준 나 자신에 대한 예의가 아닌 것 같다. 부서질 듯한 몸을 이끌고 문제를 해결하려 백방으로 노력해 본다. "더 이상 못하겠어!"라는 속삭임이 귓전에 계속 맴돌지만 일부러 안 들리는 척하며 고된 하루를 마무리한다. 내가 이겨낼 수 없을지도 모른다는 생각이 잠시라도 들면 공포스러워서 견디기 힘들다. 이 시련 앞에 무릎 꿇는 상상만 해도 끔찍하다. 하지만 더 끔찍한 사실이 기다리고 있다. 말도 안 되는 시련은 원래부터 인간이 극복할 수 없도록 설계됐다는 점이다. 순수의식이 나와 간절히 만나고 싶을 때 때때로 그와 같은 장애물을 설치해 두곤 한다.

 달리기 선수는 적정한 높이의 허들만 뛰어넘으면 되지 경기장 담벼락까지 뛰어넘을 필요는 없다. 인간 역시 최선의 노력과 정신력으로 이겨낼 법한 시련은 극복해 낼 가치가 있지만 도무지 빠져나갈 구멍이 보이지 않는 시련은 순순히 받아들일 줄도 알아야 한다. 크나큰 시련이 나를 가르치도록 허용할 필요가 있다. 간혹 순수의식은 인간의 능력만 맹신한 나머지 지나치게 힘겹게 살아가는 사람을 구제하기 위해 의도적으로 인생에 비상식적인 시련을 부여한다. 개미 한 마리가 나뭇잎을 타고 태평양을 건너겠다며 바닷속으로 뛰어들었다고 하자. 그 결말은 불보듯 뻔하다. 몇 센티미터도 전진하지 못한 채 바닷물에 퐁당 빠지고 말 것이다. 자칫하면 소중한 생명을 잃을 수도 있다. 개미가 안전하게 태평양을 횡단하도록 하려면 개미의 나뭇잎을 산산조각 낸 다음 항구에 정착 중인 대형선으로 시선을 돌리게 해야 한다. 힘없는 나뭇잎에 의지하려는 개미의 고집을 꺾는 것이 곧 개미를 살리는 길이기 때문이다. 복구할 수 없을 정도로 망가진 나뭇잎을 붙잡고 개미는 대단히 좌절하겠지만 거시적인 계획이 드러나는 순간 감사함이 절로 우러나올 것이다.

인간의 삶에 드리운 시련의 그림자도 나뭇잎 파괴자와 동일한 역할을 한다. 갈기갈기 찢겨 나간 나뭇잎처럼 성심껏 일궈온 인생도 초토화되는 시기가 있다. '열심히 살았는데 도대체 왜 나에게 이런 일이 생긴 걸까?' 아무도 답해주지 않는 의문만 늘어간다. '이건 내 능력 밖의 일이라는 걸 하늘은 모르나 봐.' 순수의식의 무한한 지성을 얕보지 마라. 그 대신 내가 할 수 있는 게 아무것도 없음을 겸허히 인정해라. 무능하고 나약한 모습을 드러내는 건 죄가 아니다. 오히려 세상에서 가장 고귀한 용기다. 잠깐이라도 좋으니 자리에 편안히 앉아 "그래, 네 말이 맞아. 나 더 이상은 못하겠어."라고 스스로에게 말해보자. 그 즉시 절망의 구렁텅이로 빨려 들어갈 것 같지만 결과는 정반대다. 오랜 시간 아득바득 철봉에 매달려 있다가 손을 탁 놓은 기분이 든다. 늘 경련이 일던 마음의 근육은 이완되고 어깨를 짓누르던 부담감은 사르르 누그러든다. '나는 할 수 있다!'면서 결의를 다질 땐 두려움이 엄습했는데 '내가 할 수 없는 일도 있을 수 있지 뭐.'라고 가볍게 넘기면 마음이 한결 차분해진다.

이쯤에서 한 가지 의문이 들 것이다. 하루하루 생존을 위협할 만큼의 실질적인 문제가 발생했는데 "나는 무능하고 나약해."라는 말만 되뇌고 있으란 말인가? 당연히 아니다. 누누이 언급해 왔듯 억눌린 에고는 인생의 걸림돌로 작용한다. 시련이 왔을 때 도와주기는커녕 시련의 강도를 몇 곱절로 만든다. 무능하고 나약한 내 모습이 만천하에 알려지도록 상황을 더 나쁜 쪽으로 몰고 간다. 이에 반해 무능하고 나약한 에고를 받아들이면 서서히 실마리가 풀리기 시작한다. 무의식 속 에고가 비워진 만큼 순수의식의 힘을 빌려 쓸 수 있기 때문이다. 나의 부족함을 채워주는 조력자들이 여기저기서 나타나고 전혀 예상치 못한 방식으로 일이 해결된다. 시련의 공격을 받았다고 생각하면서 이 악물고 시련과 맞서 싸울 때보다 일상다반사가 순조롭게 흘러간다. 안개에 휩싸인 듯 뿌옇던 마음의 시야가 점차 밝아지면서 내 안의 유능함과 강인함이 생명력을 얻는다. 즉 태평양 바다를 항해할 대형선이 눈에 들어온다. 내 힘으론 역부족일 듯했던 문제의 해결책이 조금씩 선명하게 보인다. 천재의 머릿속에나 떠오를 법한 아이디어가 샘솟는다. 칠흑같이 어두운 터널 속에서 가느다란 빛줄기를 발견한 심정이다. 출구가 분명히 존재한다는 생각에 다시 한번 희망찬 미래를 꿈꾸게 된다.

시련은 나와 싸우려고 내 인생에 찾아온 것이 아니다. 무의식 속 무능하고 나약한 에고의 존재를 일깨워 줌으로써 순수의식의 품 안에서 편히 쉴 수 있도록 이끌기 위함이다. 인간 능력 밖의 문제를 발생시켜 초월적인 힘과 만나는 계기를 마련해 주는 것이다. 억눌린 에고가 순수의식으로 돌아가면 그 에고가 만들어 냈던 시련이라는 환영도 함께 사라진다. 강한 척하는 사람은 아무런 문제도 해결하지 못한다. 강하다는 자부심이 순수의식의 도움을 차단하기 때문이다. 평균적인 지능으로 보통의 대응책만 마련하다가 상황을 더욱 악화시킨다. 반대로 자신이 약하다고 인정한 사람은 모든 문제를 해결할 수 있다. 강한 척할 때 필요한 용기보다 훨씬 더 큰 용기를 내었음에 감복한 순수의식이 전적으로 도와주기 때문이다. 시련을 극복하기 힘든 '작은 나'를 받아들일 때 '큰 나'가 내 인생에 모습을 드러낸다. 작은 나가 어렵사리 버텨나가는 작은 인생에서 벗어나 큰 나가 창조하는 큰 인생으로 옮겨가자. 소중한 당신의 영혼이 더 이상 상처 입지 않도록.

9

본인을 위해 살아야
세상을 위할 수 있다

신성에 가닿아
그것이 지닌 빛을 인류에 퍼트리는 일보다
아름다운 행위는 없다.

−베토벤−

나 자신을 위하며 사는 사람은 과연 이기적인 사람일까? 만약 그렇다면 타인을 위해 희생만 하는 사람이 이타적인 사람인가? 이것 역시 맞는 말이라고 가정하자. 그럼 둘 중에 누가 더 나쁜 사람인가? 예상외로 선뜻 답변하지 못할 것이다. 희생했다는 명분 아래 남들을 도리어 힘들게 하는 존재가 한두 명쯤 머릿속에 떠올랐을 테니까. 반대로 자기 자신의 삶을 소중히 여기면서 멋지게 사는 몇몇 유명인들은 그 존재 자체로 세상에 선한 영향력을 미

214 • 마인드 룰

친다. "내가 너 때문에 얼마나 고생했는데?"라며 꼬치꼬
치 따져 묻는 사람보다 행복으로 가는 길을 좀 더 명확하
게 알려준다. 나 자신을 위하는지 여부는 이기적이냐 아
니냐의 문제와 전혀 무관하다. 일시적인 희생이 영구적인
괴롭힘을 정당화하기도 하고, 개인의 행복을 추구하다가
세상 전체를 기쁨으로 들썩이게 만드는 경우도 많기 때문
이다. 모든 것은 나로부터 시작하므로 내가 즐거워야 남
도 즐겁고 세상도 즐겁다. 그러나 자기중심적으로 사는
게 좀처럼 쉽지 않다. 왠지 모르게 나는 희생만 해야 할
것 같다. 그 이유는 무엇일까?

첫 번째 원인은 나를 위해 사는 것에 죄책감을 느끼도
록 교육받아 왔기 때문이다. 교육의 주체가 엄마라는 전
제로 한 가지 예시를 들어보자. 과거에는 대다수의 어머
니들이 개인적인 행복을 모조리 포기하고 오직 집안일만
하도록 강요받았다. 희생을 당연시하는 강압적인 시댁 어
른들 숲에서 주체적으로 생각하고 행동하기 어려웠다. 나
를 위한다는 것 자체가 일종의 죄처럼 여겨졌다. 가족보
다 내 존재를 먼저 앞세우자마자 엄청난 비난과 질책이
뒤따랐다. 이와 같은 경험이 반복되면서 나만을 위해 살
고 싶은 순간 극도의 두려움이 느껴지도록 프로그래밍 됐

다. 인간은 두려움과 함께 다니는 대상을 나쁘다고 판단하므로 보통의 어머니들은 나를 위해 살고 싶다는 생각을 부정적으로 바라보기 시작했다. 안타깝게도 왜곡된 사고 체계는 자식 세대까지 전해졌다. 수영할 줄 모르는 사람이 타인에게 헤엄치는 법을 알려줄 순 없다. 자유롭게 살아보지 못한 사람이 누군가를 자유로운 삶으로 이끌어 줄 순 없다. 희생이 몸에 밴 엄마가 줄 수 있는 건 오직 희생뿐이다.

마음의 작용 원리에 따르면 무의식은 자신이 내놓은 것을 그대로 되돌려 받길 원한다. 자녀에게 희생을 준 엄마는 자녀로부터 희생을 거둬들이려고 한다. 희생 기버(giver)에서 희생 테이커(taker)가 될 때 오랜 한이 풀릴 것 같은 믿음 때문이다. 표면의식 차원에서는 '내 아들과 딸만큼은 멋지게 살았으면 좋겠어.'라고 생각하지만 무의식 차원에서는 아랫사람을 희생시키고 싶은 욕구가 매우 강하다. 자녀의 성공보다 자녀의 희생이 더욱 간절한 상태인 것이다. 무의식과 표면의식이 괴리될 경우 생각과 행동이 서로 다른 방향으로 움직인다. 머릿속으로는 자녀를 위하면서 몸으로는 자녀에게 희생을 강요한다. 몸의 행동이 머릿속 생각보다 더욱 강력한 각인 효과를 발휘한다.

자녀는 본인의 삶에 집중하지 못하고 내키지 않는 희생을 했다 말았다 하며 혼란스럽게 살아간다. 입으로는 "나처럼 살지 마!"라고 말하면서 온몸에 진동하는 울적한 기운을 통해 자신처럼 살도록 유도하는 엄마로 인하여 자녀에겐 엄마와 다르게 살려는 시도 자체가 죄스럽게 여겨진다. 인생을 잠시 즐겼다는 이유로 죄인 취급받는 것이 고통스러운 자녀는 차라리 희생을 선택한다. 그 과정에서 자신을 위해 살고 싶은 마음이 억눌리고 무의식은 오염된다. 이때부터 자녀의 인생은 불행의 길로 접어든다. 어디를 가나 습관적으로 희생하지만 그에 대해 고마워하는 사람은 아무도 없다. 무의식에 '너의 희생은 당연해! 나도 그렇게 살았으니까.'라는 엄마의 생각이 입력되면 세상도 똑같이 반응한다. '저 사람의 희생은 당연해! 그러니 고마워할 필요 없어.'라며 엄마가 그랬듯 세상 역시 자녀를 희생 기버로만 활용한다. 그럴수록 자기중심적으로 행동하는 것이 더욱 어려워지고 주체적인 삶의 즐거움은 모조리 타인의 차지가 된다.

나를 위해 사는 게 어려운 두 번째 이유는 그것이 꽤나 힘겨운 여정이기 때문이다. 자기중심적인 주변 사람들을 보면 '멋대로 살아서 좋겠다.'는 생각이 든다. 자세한 내막은 몰라도 겉보기엔 굉장히 쉽게 살아 보인다. 그러나 나 자신을 극진히 위하며 사는 것도 어마어마한 용기와 훈련이 필요하다. 가령 누군가 희생의 덫에 걸린 사람에게 "앞으로는 제발 당신만을 위해 사세요."라고 조언해 줬다고 하자. 지금 당장 그 조언을 실행에 옮기는 사람은 과연 몇이나 될까? 아마도 대부분은 격렬히 손사래 치며 자신이 왜 그렇게 살 수 없는지 열변을 토할 것이다. "저한테는 책임져야 할 가족들이 있어요. 그들은 저의 도움을 필요로 해요. 이미 나이 들어버렸는데 이제 와서 저만을 위해 산다는 것도 너무 무책임하지 않나요? 게다가 자기중심적으로 살려고 해도 천성을 고치기 힘들어요. 어렸을 때부터 대접받고 자라지 않은 이상 갑자기 자존감을 높일 순 없어요." 이 사람의 내면에는 스스로를 소중히 여기려는 순간 죽일 듯이 달려드는 괴물 에고가 살고 있다. '너 같은 건 평생 가족들 뒷바라지나 하는 게 어울려. 요만큼도 즐기지 말고, 요만큼도 당당하지 마! 너의 존재는 매우 하찮고 무가치해! 열심히 노력해서 얻은 걸 남에게 갖다 바치면서 살아야 겨우 평균 수준이 될까 말까 한다고.' 에고가 불러일으킨 사나운 마음 에너지는 또다시 희생의 굴레 속으로 그 사람을 밀어 넣는다. 휘몰아치는 마음 에너지와 의식을 분리시킬 힘이 약한 그 사람은 또 다시 살던 대로 살아간다.

여기서 무엇보다 중요한 사실은 나 자신을 위해 살지 못하는 이유가 착한 성품 때문이 아니라 내면의 힘이 약하기 때문이라는 점이다. 만약 진정으로 내가 착해서 희생했다면 순수의식은 분명 나에게 행복한 삶을 선물해 줬을 것이다. 이와 같은 맥락에서 지금 내가 불행하다면 나의 희생은 착함이 아닌 약함에 근거한다는 걸 보여준다. 내 뜻을 밀어붙일 용기도 없고 마음 에너지를 다루는 훈련 역시 게을리했다는 뜻이다. 과감하게 용기 낸다는 것, 괴로운 마음 에너지로부터 나의 의식을 구출한다는 것은 이토록 힘겨운 과정이기에 단 소수의 사람들만이 본인을 위하며 산다. 그렇다면 그 소수 집단에 내가 포함되려면 어떻게 해야 할까? 희생은 미덕이 아니라는 걸 확실히 자각하고 내면에 대변혁을 일으켜야 한다. 자기중심적으로 살려고 할 때 느껴지는 죄책감, 두려움, 불쾌감 등을 피하지 말고 있는 그대로 받아들인 가운데 마음 에너지의 소용돌이 속에서 한 걸음씩 빠져나오는 연습을 꾸준히 해야 한다. 나를 희생의 감옥 속에 가둬뒀던 마음 에너지로부터 빠져나오면 그 누구도 내 희생을 필요로 하지 않았다는 사실을 깨닫게 된다. 유년 시절 각인된 무의식 속 관념이 줄곧 나를 협박했을 뿐이었던 것이다. 허탈하고도 신비로운 이 진실은 희생 기버의 인생을 송두리째 변화시킨다.

　자기중심적으로 산다는 건 타인이 불행하더라도 나의 이익만 취하는 게 아니다. 내 우주의 중심에 내 마음을 놓는다는 의미다. 즉 나의 마음이 내 인생을 인도하도록 허락하는 것이다. 행복한 사람만이 행복을 전파할 수 있다. 자신의 마음을 아낄 줄 아는 사람만이 타인의 마음도 아껴줄 수 있다. 각자가 나 자신을 위해 살 때 세상은 나날이 아름다워진다. 원하는 것을 나에게 척척 가져다주는 세상을 사랑할 수밖에 없고, 세상을 열렬히 사랑하면 내가 가진 좋은 것들을 다시 내어줄 수밖에 없기 때문이다. 희생의 악순환이 아닌 사랑의 선순환이 형성될 때 모두가 지복을 누리게 된다. 주의해야 할 점은 지극히 자기중심적으로 살면서도 인생에 탈이 나지 않으려면 항상 내면의 소리에 귀 기울여야 한다는 점이다. 적정한 선을 넘을 때마다 순수의식은 '주변을 돌아보라.'는 신호를 보낸다. 그 신호를 무시하고 독불장군처럼 살면 언젠가 위기를 맞게 된다. 일시적 자유를 만끽하고 추후에 치명상을 입으면 얻는 것보다 잃는 게 많아진다. 따라서 앞으로 나아갈 때도, 잠깐 멈출 때도 늘 마음의 나침반을 보며 중도를 지키는 것이 중요하다.

이 세상에 희생하려고 태어난 사람은 없다. 우리 모두는 이기심과 이타심 너머의 완전한 자유를 누리기 위하여 순수의식의 축복 속에 탄생하였다. 철저히 자기중심적으로 살면서 세상을 행복한 사랑으로 물들이는 것이 각자에게 주어진 유일한 미션이다. 이기적으로 살지도 말고, 이타적으로 살지도 마라. 그저 진실된 마음대로 속 시원하게 살아라!

··· 10 ···

인생의 주인공으로
산다는 것

자신의 마음을 온전히 다스릴 수 있는 능력을 얻은 사람은
무엇이든 정당하게 가질 수 있다.

-앤드류 카네기-

"인생의 조연으로 살지 말고, 인생의 주연으로 살아라!"참 멋진 말이다. 머릿속에 입력한 생각처럼 몸이 따라준다는 전제하에. 누구나 인생의 주인공으로 살고 싶었다. 경제적 자유인으로서 에메랄드빛 해변가를 여유로이 거닐며 원하는 장소에서 원하는 사람들과 함께하고 싶었다. 돈과 시간의 노예가 아닌 삶의 주도권을 지닌 인간다운 존재가 되길 바랐다. 그러나 아침에 눈을 뜨자마자 마주해야 하는 현실은 불만족스러울 따름이다. 깊은 한숨이

절로 새어 나오고 일상 어느 곳에서도 변화의 기미를 찾기 어렵다. 의기양양하게 살아가는 세상의 주인공들과 달리 지구별을 잠시 스쳐 지나가는 행인 역할에 불과한 듯하다. 하늘에서 쏘아주는 스포트라이트 개수가 유한하여 단 몇 명의 사람들만 빛나는 삶을 사는 것처럼 보인다. 어딜 가든 존재감이 미미하고 사회의 중심부로부터 한참 벗어난 곳에 고립된 기분이다. 세상은 늘 분주하고 소란스럽지만 아무도 나의 안녕엔 관심이 없다. 내가 세상을 신경 쓰는 정도에 비하면 만분의 일도 안 되는 수준이다. 이대로 계속 가다가는 화려한 무대 뒤 어두컴컴한 대기실에서 삶이 마무리될지도 모른다. 성공적인 인생의 들러리 내지는 구경꾼으로 평생 지낸다는 건 꽤나 서글픈 일이다. 극적인 터닝 포인트를 맞지 않는 한 결말은 쉽게 바뀌지 않을 것이다. 그렇다고 여기서 포기하자니 수십 년 넘도록 흘려온 눈물이 아깝다. 무미건조한 끝을 위해 지금껏 버텨낸 게 아니라면 어떻게든 방법을 찾아야 한다. 익히 들어왔지만 한 번도 실현해 본 적 없는 '인생의 주인공으로 사는 삶.' 모든 변화의 시작이 될 그 비밀을 하나씩 풀어보자. 당신의 눈물이 떨어진 자리에 눈부시게 아름다운 꽃이 피어날 수 있도록.

인생의 주인공이란 과연 무엇일까. 그 개념에 대한 올바른 이해가 필수적이다. 죽기 살기로 노력해서 원하던 목표를 이루면 인생의 주인공이 될 수 있을까? 태어날 때부터 부유하면 인생의 주인공이 되는 걸까? 이 모든 물음의 밑바탕에는 가시적 또는 물질적 성과를 얻어야만 인생의 주인공이 될 수 있다는 믿음이 깔려있다. 게다가 인생의 주인공 자리는 한정적이라 소수 집단의 전유물이라고 생각한다. 하지만 마음 에너지 차원에서 살펴보면 전혀 다른 이야기가 펼쳐진다. 눈으로 볼 수 있는 그 어떤 것도 인생의 주인공이 될 자격 유무를 결정할 수 없으며 보이지 않는 변화에 성공한 사람은 누구나 인생의 주인공이 될 수 있다. 인생의 주인공이 된다는 것은 쉽게 말해 태양 주위를 다른 행성들이 공전하듯 나라는 존재를 중심으로 세상이 공전하는 상태다. 흔히 역사의 한 페이지를 장식할 만큼 위대한 인물이 아닌 이상 세상의 중심은 될 수 없다고 믿는다. 전 세계적인 파급력을 지닌 유명인이나 권력자 정도는 돼야 주인공 자리에 어울린다는 믿음은 간접적 세뇌의 결과일 뿐이다. 아무런 의심 없이 받아들인 선입견 때문에 스스로 변방으로 물러난다. '나는 부자도 아니고 특별한 재능도 없어. 이것밖에 안 되는 내가 어떻게 인생의 주인공이 될 수 있겠어? 돈 많고 유능한 사람들이나 그렇게 살 수 있지.'라며 낙담하기 일쑤다. 쳇바퀴처럼 굴러가는 일상이 답답하게 느껴지고 타인의 삶 주변을 기웃거리며 구경하는 것도 이젠 지긋지긋하지만 감히 주인공 자리를 탐내진 못하겠다. 오감으로 감지되는 물질세상만 바라보면 그와 같은 사고의 덫에서 빠져나오기 힘들다. 세상만사는 마음 에너지의 문제라는 걸 확실히 해야 새로운 미래와 만나게 된다.

태양은 태양계 전체 질량의 99.9%를 차지한다. 질량과 중력은 비례 관계에 있으므로 질량이 큰 만큼 끌어당기는 힘도 강하다. 여러 행성들이 지구가 아닌 태양을 중심으로 공전하는 이유다. 이와 마찬가지로 마음 에너지를 많이 보유하고 있는 사람일수록 인생의 중심에 선다. 마음 에너지가 몰리는 만큼 조연에서 주연으로 탈바꿈한다. 그렇다면 마음 에너지를 어떻게 끌어와야 할까? 모든 인간은 이 세상에 태어날 때 무엇이든 창조 가능한 무한대의 마음 에너지를 타고난다. 누구나 인생의 주인공으로서 삶을 시작하는 것이다. 하지만 가정환경, 사회적 분위기, 주입식 교육 등으로 본래의 마음 에너지가 이리저리 흩어진다. 나 자신에게 집중하지 못하고 바깥세상에 관심을 쏟게끔 만들기 때문이다.

편의상 마음 에너지의 총량이 만이라고 하자. 가령 하루가 멀다 하고 서로를 깎아내리는 가족과 함께 살면 백만큼의 에너지를 하소연과 우울증 치료에 쓰게 되고, 사회 전반에 걸쳐 황금만능주의가 만연할 경우 물불 안 가리고 돈을 쟁취하느라 백만큼의 에너지가 또 빠져나간다. 이외에도 내 얼굴이 아닌 TV 속 연예인 얼굴을 보며 외모 열등감 갖기, 나의 선천적 재능과 전혀 무관한 타인의 꿈 좇아가기, 내 삶과 동떨어진 이슈에 지나친 관심 기울이기, 기본적인 인간관계를 유지하기 위해 나와 상극인 사람과 계속 만나기, 남을 기준으로 해서 여태껏 내가 바보처럼 살아왔다고 자책하기 등등에 마음 에너지를 몽땅 소비해 버린다. 이것은 마치 내 논에 물을 대지 않고 온 동네 논에다가 물을 나눠서 뿌리고 다니는 것과 같다. 당연히 내 논의 농작물은 말라 비틀어지고 추수철에 남들이 기쁘게 수확하는 걸 멀뚱멀뚱 지켜볼 수밖에 없다. 반면 행복한 사람들은 자신에게 주어진 만 리터의 물을 전부 본인 소유의 논에 쏟아붓는다. 단 한 방울이라도 다른 곳으로 새어나가지 않도록 주의를 기울인다. 그들이 이기적인 게 아니다. 나도 내 저수지에 담긴 만 리터의 물을 그

들처럼 사용하면 그만이다.

얼마큼의 마음 에너지가 밖으로 빠져나가는 중인지 확인할 수 있는 방법은 외부 자극이 들어왔을 때 나의 내면이 얼마나 요동치느냐를 살펴보는 것이다. 감정 상태가 크게 출렁일수록 유출이 심한 상태다. 이 경우, 보유한 마음 에너지 전체를 온전히 자신의 삶에 집중시키는 타인과 경쟁하는 게 버거워지고 끝내 패배한다. 휘발유가 줄줄 새는 자동차가 빨리 달릴 순 없지 않은가. 따라서 마음 에너지의 유출을 신속히 막아야 한다. 내면에 생긴 커다란 구멍을 메우려면 마음의 출렁거림을 잠재우는 게 핵심이다. 어떤 일이 발생한 즉시 감정적으로 동요하는 이유는 무의식 속 특정 에고가 건드려졌기 때문이다. 건드려질 에고가 사라져야 웬만한 자극은 무심히 흘려보내게 된다. 에고를 소멸시키기 위해서는 내면이 불안정하게 흔들리는 상황 속에서도 현재 어떤 에고가 반응한 건지 명확히 알아차리고 그간 거부해 왔던 감정들을 받아들여야 한다. 외부 자극이 들어오자마자 발끈하던 에고가 자취를 감춘 직후부터 사방에 퍼져 있던 마음 에너지가 점차 내쪽으로 몰려든다. 영문도 모른 채 산만하게 살던 과거와 달리 의식이 또렷해지고 집중력도 올라간다. 드디어 순수

의식의 스포트라이트가 내 삶을 환하게 비추기 시작한 것
이다. 이윽고 나만의 우주가 보이며 명실상부한 주인공으
로서 눈부신 삶의 중심에 당당히 서게 된다.

Part 5

현실을 창조하는
일곱 가지 마인드 룰

••• 1 •••

마인드 룰 I

우주는
존재의 본질에 반응한다

> 사람들의 겉모습이 아니라 그들의 마음속을 들여다보고
> 내면에서 무엇이 발산되는지 지켜보도록 하라.
>
> −세네카−

황금색 실크를 두른 징그러운 벌레와 실오라기 하나 걸
치지 않았지만 앙증맞은 강아지가 있다면 당신은 어떤 존
재에게 자신의 품을 내어주겠는가? 아마도 십중팔구 후
자일 것이다. 벌레가 직접적으로 해를 끼친 것도 아니고,
강아지가 특별히 도와준 적도 없는데 우주적 마음의 소유
자인 인간은 그 존재의 본질에 반응한다.

불현듯 이런 생각이 들 때 누구든 잔뜩 주눅 들고 만다.
'아무도 나를 좋아하지 않아.' 사회에서 인정받고 싶었으

나 도리어 무시만 당하고, 인기 끌길 원했는데 가는 곳마다 홀대받는다. 밤낮으로 일해 억척스레 돈도 벌고, 주변 지인들을 살뜰히 챙기며 살았지만 세상의 관심과 사랑은 나만 철저히 피해 가는듯하다. 왜 이런 일이 계속해서 반복되는 걸까? 그 이유는 바로 인간의 운명을 결정하는 건 존재를 감싸고 있는 포장지가 아니라 존재의 본질이기 때문이다. 우주는 오직 존재의 본질에 어울리는 삶을 가져다준다. 존재의 본질이 풍요로우면 돈, 명예, 인기 등등 다채로운 여유를 선사하고, 존재의 본질이 빈곤하면 남김 없이 다 빼앗아 간다. 우주와 동일한 원리로 움직이는 마음을 지닌 인간 역시 그러하다. 꾸물꾸물 기어가는 벌레에겐 혐오스러운 눈빛을 보내는 반면 꼬리를 살랑살랑 흔들며 다가오는 강아지에겐 다정한 미소를 숨기지 못한다. 벌레는 그저 생계유지를 위해 먹이를 찾아다닌 것뿐인데 고생스럽게 사는 벌레를 강아지와 차별하면 안 된다고 주장하는 사람은 없다. 누구나 벌레는 벌레이기 때문에 벌레 같은 취급을 받는 게 당연하다고 여긴다. 불합리한 대우에 화가 난 벌레가 명품 옷을 입고 나타난들 상황은 크게 달라지지 않을 것이다. 직감적인 느낌에 영향을 미치는 건 명품 옷이 아니라 그 속에 꿈틀대는 벌레의 형상이기 때문이다.

세상도 마찬가지다. 외형상 사회가 원하는 조건을 완벽하게 갖췄더라도 인간의 직감까지 속일 순 없다. 각자의 영혼이 뿜어내는 마음 에너지가 보이지 않는 통로를 통해 고스란히 전달된다. 선량한 표정을 지어도 괜히 미운 사람이 있는가 하면 천방지축 사고뭉치인데 왠지 매력적으로 느껴지는 사람이 있다. 명확한 이유를 대긴 어렵지만 즉각적인 거부감 또는 이끌림이 말해주는 건 상대방의 겉모습이 아닌 내면적 실체가 호불호의 유일한 판단 기준이라는 사실이다. 육안에 포착된 요소들은 심안에 비친 존재의 형상으로 이미 정해진 호불호를 논리적으로 설명하기 위한 수단에 불과하다. "저 사람은 크게 성공한 사업가라서 본받을 점이 많을 테니 내가 친하게 지내고 싶어 하는 거야."라고 말하겠지만 그냥 그 존재에 끌린 다음 나와 남을 이해시키기 위하여 어떤 원인을 추후에 제시했을 뿐이다. 왜 좋은지 명명백백하게 밝힐 수 있다면 진정한 사랑이 아니고, 왜 싫은지 이성적으로 논할 수 있다면 진정한 미움이 아니다. 좋고 싫음은 머리가 아닌 가슴차원에서 눈 깜짝할 사이 정해지기 때문이다. 그냥 좋거나 그냥 싫다고 답하는 게 진심을 가장 잘 표현한 답변이다. 무의식은 이유를 생각하지 않는다. 우주의 법칙에 따라 정직한 반응만 전달한다.

인간뿐만 아니라 유무형의 모든 개체는 심안으로 천지만물을 바라보며 생각하고 행동한다. 꿈과 목표도, 부와 권력도, 기쁨과 행복도, 심안을 통해 대상의 본질을 꿰뚫어 본다. 사랑의 빛으로 가득한 영혼의 소유자에겐 그 모든 것들이 먼저 다가간다. 원하는 인생을 살고 싶다면 심안의 까다로운 심사를 통과해야 한다. 표피적으로 드러난 언행은 전혀 중요하지 않다. 존재의 중심부에서 발산되는 에너지가 현실을 창조한다. 열등한 존재가 기울이는 노력은 물거품이 되고, 외로운 존재가 베푸는 호의는 부담이 된다. 노력과 호의라는 포장지로 존재의 본질을 가리려는 시도는 무의미하다. 감쪽같이 포장한 듯 보여도 심안의 눈썰미는 그 누구도 속일 수 없기 때문이다. 설령 표면의식 차원에 갇힌 타인이 나의 일그러진 자아를 미처 알아차리지 못하여 잠시 호감을 표하더라도 궁극엔 내 존재의 본질과 꼭 닮은 결과로 이어진다. 그 사람을 움직이는 건 결국 무의식이므로 나를 좋아한다고 말하면서도 실질적으론 내 인생을 훼방 놓는 행동만 취한다. 에너지장이 일그러져 있으니 운명도 일그러지는 방향으로 전개되는 것이다. 존재의 민낯을 아름답게 가꾸지 않는 이상 이 세상에서 맺을 수 있는 아름다운 결실은 모두 나를 비껴간다. 얼음으로 만들어진 그릇을 가진 사람은 레스토랑 셰프가 아무리 따뜻한 수프를 부어 주더라도 차갑게 식은 수프를 먹을 수밖에 없다. 내 존재의 본질은 마치 인생을 담는 그릇과 같다. 무의식이 차가우면 차가운 인생이 담기고, 무의식이 따뜻하면 따뜻한 인생이 담긴다. 우주는 삶의 온도를 결정하는 주체가 아니다. 무의식의 온도를 측정해 같은 온도의 사람과 상황을 배치하도록 설계된 거대한 시스템이다.

살다 보면 억울한 순간들이 참으로 많다. 열심히 애쓴 기억밖에 없는데 상상했던 것과 전혀 다른 결과가 도출되곤 한다. 하지만 인간의 운명은 존재의 외침에 대한 메아리다. 벌레는 온몸으로 징그러움을 외치고 징그러운 표정을 되돌려 받는다. 강아지는 온몸으로 사랑스러움을 외치고 사랑스러운 손길을 되돌려 받는다. 내 존재가 세상을 향해 무어라 외쳐왔는지 곰곰이 되짚어 보면 여태껏 품어온 궁금증이 전부 해소될 것이다. 기억하라. 우주는 오직 존재의 본질에 반응한다.

2

마인드 룰 Ⅱ

무의식의 힘이
가장 강력하다

> 인류가 앞으로 어떤 업적을 이뤄나가더라도
> 인류를 떠받치고 있는 그 힘보다 위대할 순 없을 것이다.
>
> -에머슨-

어린 시절부터 지금과 같은 모습으로 살고 싶었던 사람은 거의 없을 것이다. 꿈꿨던 삶은 이런 게 아니었는데 어느새 착잡한 표정의 소시민으로 전락해 있다. 발 디딜 틈 없는 출근길 지하철을 타고 숨만 겨우 쉬다가 회사에 도착하여 무거운 공기가 흐르는 사무실 책상에 주저앉듯 자리를 잡은 뒤 또다시 겨우 숨만 쉬다가 퇴근한다. 대출은 생각도 하기 싫었으나 본의 아니게 큰 빚을 지게 되고, 무엇이든 제때 성취하려 했으나 또래 친구들보다 항상 두세

걸음 늦다. 꿈 목록 노트에 첫째 힘들게 출퇴근하기, 둘째 대출 늘리기, 셋째 기필코 뒤처지기라고 적어둔 적도 없는데 현실은 늘 기대와 다르게 흘러왔다. 정말 궁금하지 않은가? 맹세코 행복하게 살고 싶었는데 기나긴 불행이 내 곁을 떠나지 않는 그 이유 말이다.

원래부터 꿈꿨던 이상적인 삶으로 향하는 과정이 돛 없는 배를 타고 앞쪽으로 나아가는 것과 같다고 하자. 배에 돛이 달려있지 않으므로 바람의 힘은 빌릴 수 없다. 오직 큰 파도가 일어줄 때 크게 이동할 수 있다. 이때 표면의식과 무의식은 각각 해수면과 심해에 비유 가능하다. 표면의식을 통해 '나는 부자가 되고 싶어!'라고 소망하는 것은 가느다란 젓가락으로 해수면을 휘젓는 행위와 비슷하다. 아무리 세차게 휘저어 봤자 약한 파도는 고사하고 짜디짠 바닷물 몇 방울이 내 얼굴로 튈 뿐이다. '부자가 될 수만 있다면 뭐든지 하겠어. 최선을 다해 노력해 보자!'라며 의지를 굳건히 다진 후 몸이 부서져라 애쓰는 것도 별반 다르지 않다. 해수면을 한 손으로 휘젓다가 양손을 이용해 휘젓기로 결심한 것에 불과하다. 젓가락이 일으킨 미미한 파동은 결코 심해까지 전달되지 못한다. 옆쪽으로 커다란 함선이 지나가다가 우연히 일어난 파도 덕에 잠시

배가 전진하면 문제는 더욱 심각해진다. 자신이 기울인 노력 덕택에 그와 같은 결과를 얻었다고 착각하여 젓가락을 절대 놓지 않기 때문이다. 부자의 삶을 창조하는 힘은 오로지 젓가락 안에 담겨있다고 생각하면서 자나 깨나 해수면을 휘젓고 다닌다. 하지만 머지않아 팔이 저려오며 아무것도 할 수 없는 상태가 된다. 원치 않는 방향으로 떠밀려 내려가는 배에 몸을 싣고 모든 의욕을 잃어버린 채 자포자기한다. 도통 풀리지 않는 의문들이 머릿속을 둥둥 떠다니지만 인간의 상식선에서 답을 찾기 어렵다. 마음 세상을 표상하는 심해로 들어가기 전까지는.

만약 웬만한 섬보다 큰 고래가 깊은 바닷속을 헤엄치면 어떨까? 심해가 출렁이며 형성된 파동이 수면 위까지 퍼져나갈 것이다. 파동의 진폭은 해수면에 가까워질수록 커지므로 고래가 조금만 움직여도 거센 파도가 일어난다. 그런데 안타깝게도 고래는 해수면 위의 배가 어디로 가고 싶어 하는지에 아무런 관심이 없다. 심지어 그 배의 존재조차 모른다. 이쪽으로 가고 싶은 날엔 이쪽으로 가고, 저쪽으로 가고 싶은 날엔 저쪽으로 간다. 고래의 기분에 따라 파도의 세기와 크기가 결정된다. 배에 탄 사람의 생각과 감정은 그 어떤 영향도 미치지 못한다. 모든 것이 고래 마음이다. 여기서 말하는 고래는 미처 알아차리지 못한 에고로 오염된 무의식을 뜻한다. 예컨대, 표면의식으론 부자가 되길 갈망하지만 돈을 두려워하는 에고가 무의식에 억눌려 있으면 꿈이 이루어질 확률은 매우 희박하다. 우주 전체를 통틀어 무의식이 가장 강력한 현실 창조력을 지녔기 때문이다. 무의식의 힘에 비하면 표면의식의 힘은 없다고 봐도 무방할 정도다. 무의식적으로 돈을 두려워하는 사람은 무의식적으로 돈을 피해 다닌다. 절호의 기회가 코앞까지 찾아와도 엉뚱한 핑곗거리를 내세우며 거절한다. 반대로 남들 눈엔 손해 볼 게 분명한 선택은 거침없이 밀어붙인다. 그 사람의 무의식이 돈과 멀어지길 원하므로 몸이 알아서 가난해지는 쪽으로 움직인다. 잔잔한 명상 음악을 틀어 놓고 침대맡에서 부자의 기분을 느끼며 잠이 들어도 돈에 대한 두려움이 존재하는 이상 빈곤한 현실은 꿈쩍하지 않는다. 그렇다면 평생 오염된 무의식에 끌려다니며 갑갑하게 살아야 하는 걸까? 다행히 해법은 있다.

무의식을 표면의식화 함으로써 현실 창조력을 약화시키면 된다. 즉 무의식에 존재하는 에고를 정확히 알아차린 다음, 그것이 자아내는 감정을 선명하게 느껴주면서 내 에너지장 밖으로 빠져나가도록 해야 한다. 하지만 에고를 알아차리는 것부터 난항이다. 부자가 되고 싶지만 실은 돈이 무섭다는, 생각지도 못한 생각 속에 답이 있기 때문이다. 돈을 두려워하면 돈과 자연히 멀어진다. 으스스한 귀신의 집 안으로 들어가려고 할 때 온몸이 굳는 것처럼 돈 벌 기회가 생기면 자신도 모르게 움츠러든다. 소심한 성격 탓이 아니다. 돈에 대한 두려움이 엄습한 것이다. 이 사실을 자각하고 어떤 연유로 돈을 두려워하게 됐는지 곰곰이 살펴봐야 한다.

마음을 고요히 가라앉히고 내면의 속삭임에 귀 기울여보자. 먼지가 더북이 쌓인 기억 창고에서 여태 잊고 살았던 과거의 경험들이 하나둘씩 떠오를 것이다. 이를테면 돈 문제로 자주 다투시던 부모님의 모습이 떠올랐다고 하자. 그 장면을 지켜보던 내 심정은 어떠했을까? 어린아이에게 돈이란 부부싸움을 유발한 가해자이자 엄마 아빠의 얼굴을 험상궂게 만든 원흉으로 인식됐을 것이다. 언제나 가족 전체를 힘들고 초라하게 만들었으며 이러다가 굶어 죽을지도 모른다는 불안감에 떨게 한 돈을 다시 보고 싶을까? 되도록 멀리 떨어져 지내고 싶은 마음이 드는 게 당연해 보인다. 돈에 얽힌 부정적인 기억은 돈을 밀어내는 마음 에너지로 변환된다. 그러나 자본주의 특성상 돈을 벌어야만 한다는 집착이 표면의식을 장악하여 돈에 대한 두려움은 무의식 속으로 파묻힌다. 다시 말해 가장 강력한 현실 창조력을 얻는다. 바라던 꿈과 반대 방향으로 작용하는 마음 에너지로 인해 몰려오려던 돈이 도로 튕겨나간다. 결국 돈 때문에 두려운 상황이 발생한다. 무의식 속 두려움이 표면의식까지 번진 것이다. 따라서 무의식의 표면의식화를 통해 사나운 고래의 질주를 멈춰야 한다.

에고로 오염됐던 무의식이 점차 정화될수록 심해는 잠잠해지고 극치의 고요가 감돈다. 이때부터 무의식에게도, 배에 탄 사람에게도 순수의식이 사랑으로 전하는 메시지가 선명하게 들린다. 무의식은 서서히 출렁이며 무한한 사랑이 가리키는 방향으로 파도를 일으킨다. 배는 그 파도의 흐름을 타고 목적지를 향해간다. 굳이 힘겹게 노 젓지 않아도 우주 만물이 순항을 돕는다. 무의식이 이끄는 한 그 누구도 신성한 항해를 멈추지 못한다.

••• 3 •••

마인드 룰 Ⅲ

축복이 쏟아지는 인생은
따로 있다

당신은 원하는 현실을 직접 창조하거나
그것이 일어나도록 허용하면 된다.

-잭 켄필드-

새해 아침이 밝았다. 휴대폰을 켜보니 '새해 복 많이 받
으세요.'라는 문자 메시지가 여럿 도착해 있다. 서둘러 답
장을 보내려다 불현듯 이런 생각이 뇌리를 스친다. '마음
은 감사합니다만 형식적인 인사말 대신 실제로 복 받을
수 있는 방법을 알려주시면 안 될까요?' 법과 도덕을 준
수하며 근면 성실한 사회인으로 살아온 나였지만 젓가락
사이로 요리조리 빠져나가는 도토리묵처럼 크나큰 축복
은 내 인생만 피해 다녔다. 하늘이 원망스럽기 이전에 진

심으로 궁금했다. 착하게 살아온 사람들의 인생은 뜻밖의 일들이 연이어 벌어지며 점점 꼬이기 일쑤인 반면 제멋대로 구는 사람들에겐 오히려 행운까지 따르는 이유가 무엇인지 정말 알고 싶었다.

나는 권선징악을 믿었다. 아니, 믿고 싶었다. 그러나 내가 마주한 현실이 보여주는 건 권악징선이었다. 타인에게 상처 주지 않겠다는 일념하에 최대한 배려하며 살수록 다방면으로 힘들어졌다. 실패로 얼룩진 삶을 끌어안고 울어봤자 달라지는 건 없었다. 팅팅 부은 눈으로 주어진 일을 해내야만 하는 상황이 계속됐다. 언제나 노력 대비 몇 배 이상의 성과를 올리길 바랐던 건 아니었지만 오랜 가뭄에 단비처럼 아주 가끔씩은 행운이 따라줬으면 했다. 단 한 발짝도 내디딜 수 없을 만큼 지쳤을 때, 마지막 남은 한 줄기의 자존심은 지키고 싶을 때, 간절하다는 표현이 가볍게 느껴질 정도로 매우 절실한 상황에 처했을 때… 행운이 눈 딱 감고 나를 도와주길 바랐다. 하지만 행운에겐 연민의 정이란 없는 듯 보였다. 늘 이기적으로 굴고 계산적인 데다가 하고 싶은 말이 있으면 어떤 상황에서도 거침없이 내뱉던 내 친구는 항상 잘 챙기면서 벼랑 끝에 선 나는 절대 돌아보지 않았다. 행운은 생각보다 차가운 존재였다.

납득하기 힘든 일련의 결과들을 접하면서 일반적으로 알려진 것과 다르게 하늘은 은근히 못된 사람을 좋아한다는 삐딱한 믿음이 생겼다. 전지전능한 신이 착한 자의 편을 들어준다는 생각은 보통 사람들이 만들어 낸 허상인 것 같았다. 그래야 '나는 인간적으로 살만한 세상에 살고 있다.'는 착각에 의지하여 삶을 지속시킬 수 있을 테니까. 악한 자는 언젠가 벌을 받게 될 거라고 믿어야 착함의 덫에서 벗어나지 못하는 소심한 자신을 합리화할 수 있을 테니까. 아무리 긍정적인 시각으로 바라보려 해도 착하게 사는 것과 행운은 별개 문제였다. '대체로 한번 행운이 따른 사람에겐 계속 행운이 따르던데 행운과 연관 관계를 맺고 있는 요소가 있지 않을까?' 내 인생의 터닝 포인트가 된 의문점이 순간 뇌리를 스쳤다. 십수 년간의 마음공부 끝에 찾은 답은 놀랍게도 권선징악이었다. 착하게 살아야 복을 받았다. 기존의 믿음과 비슷해 보이지만 전혀 다른 깨달음이었다. 왜냐하면 어떤 세상에서 착하게 살아야 하는지가 핵심이었기 때문이다.

축복이 쏟아지는 인생의 주체는 바로 착한 사람이다. 단, 물질 세상이 아닌 마음 세상에서 착한 사람이어야 한다. 여기서 말하는 '마음 세상에서 착한 사람'이란 자신의 마음을 극진히 대접하며 사는 사람을 말한다. 가령 가슴 설레는 꿈을 이루며 멋지게 살고 싶다는 마음이 내면의 문을 두드렸다고 하자. 물질 세상에서만 착한 사람은 대개 그 마음을 문전박대한다. "도대체 왜 나를 찾아온 거야? 지금 내 상황이 어떤 줄 알아? 갚아야 할 빚은 산더미인 데다가 생업에 종사할 시간도 부족하단 말이야. 너를 보니까 오히려 더 비참한 기분이 들어. 도전할 수도 없는 꿈을 들고 올 거면 다시는 나에게 찾아오지 마!" 한껏 씩씩대며 내면의 문을 쾅 닫아버린다. 그 마음과 입장을 바꿔 생각해 보자. 순수의식과 기나긴 논의 끝에 지구별 사람들 중에서 자신을 가장 아름답게 실재화해 줄 존재를 골랐다. 몇 겹의 차원을 뚫고 어렵사리 당신의 내면에 도착해 잔뜩 기대에 찬 표정으로 똑똑 노크했다. 복권 당첨 소식보다 기쁜 소식을 전하게 됐으니 얼마나 벅차올랐겠는가. 순수의식이 직접 멋진 꿈을 이룰 사람으로 지정했다는 소식만큼 황홀한 소식도 없으니 말이다. 당신이 기쁨에 젖어 자신을 꽉 끌어안아 줄 상상만으로도 그 마음은 배시시 웃음이 나온다. 하지만 환대받을 거라는 기대는 예상치 못한 냉대 앞에 와장창 깨져버렸다. 차갑게 돌아서는 당신의 뒷모습을 보며 그 마음은 크게 상심한다. '멋진 꿈에 더하여 현실 창조력까지 얹어줄 참이었는데 이 기회를 스스로 박차다니! 작금의 문제는 내가 도와줘야 해결할 수 있다는 걸 왜 모르는 걸까?' 한참을 투덜대던 그 마음이 향하는 곳은 당신의 부러움을 한 몸에 받는 소위 운 좋은 사람들이다.

마음 세상에서 착하게 살면 절로 운이 따른다. 소중히 여겨진 마음은 반드시 보답하기 때문이다. 예를 들어 '며칠간 여행을 떠나고 싶다.'라는 마음이 생겨났다고 하자. 미래의 행운아들은 이 마음을 신생아 다루듯 조심스럽게 품에 안는다. 행여 다칠까 걱정하면서 온몸을 이완시키고 사랑스러운 눈빛으로 토닥인다. 그 마음의 탄생을 축복하면서 현실로 잘 옮겨가게끔 도와준다. 만약 여행 비용이 부족하면 아르바이트 자리를 구하거나 모아둔 목돈에서 사용 가능한 금액이 얼마인지 산정해 본다. 시간적 여유를 마련하기 어려울 경우엔 희망 여행 기간을 단축하거나 주변 여건이 허락할 때까지 잠시 미뤄둔다. 실제로 여행을 떠나는 것도 유의미하지만 가장 중요한 것은 그 마음을 내팽개치지 않았다는 사실이다. 이때 마음은 다짐한다. '이 사람은 나를 반갑게 맞아주고 지극정성으로 아껴

줬어. 앞으로 이 사람의 행복을 위해 무엇이든 할 테야!'
환대받은 마음은 무의식 속으로 들어가 원하는 현실을 창
조하는 에너지로 변환된다. 그리고 훗날 '행운'이라는 옷
을 근사하게 차려입고 그 사람 앞에 다시 나타난다.

모든 소원이 이루어지는 마법 같은 인생은 우연이 아닌
필연이다. 타인의 마음, 사회의 마음 살피느라 철저히 무
시하고 살았던 내 마음을 귀중히 여길 때 직접 행운을 창
조할 수 있다. '평생 복 많이 받으세요.' 마음이 보낸 메시
지에 전심을 다해 화답하라.

4

마인드 룰 Ⅳ

내면의 소리를 알아차릴 때
최고의 삶이 펼쳐진다

내면의 소리를 들어라.
훗날 우리가 돌아갈 그 세상의 영혼으로부터 온 소리이니.

-파울로 코엘료-

인생에서 중차대한 선택의 기로에 설 때마다 현자가 나타나 최상의 한쪽 길로 인도해 준다면 얼마나 좋을까. 단한 번의 잘못된 선택으로 꽤 오랜 기간 마음고생 해본 사람일수록 무엇을 선택하는 것 자체가 상당히 두려워진다. 과감한 의사결정이 필요한 순간에도 지나치게 고민하고 주저하다가 적절한 때를 놓치기 일쑤다. 일찌감치 결단을 내렸더라면 적어도 차선의 선택은 가능했을 텐데 차일 피일 미루는 바람에 가장 꺼려지는 악수를 두게 된다. 또

다시 선택에 대한 안 좋은 기억이 쌓이고 두려움은 더욱 커진다. 이에 반해 성공 확률이 매우 낮은 분야에 뛰어들어 괄목할 만한 성과를 거둔 사람들도 많다. 일반적인 상식으로는 이해하기 어려운 선견지명을 갖고 유일무이한 길을 개척한다. 아무도 알아채지 못했던 길이거늘 왜 그들 눈에는 보였던 것일까? 그 이유는 바로 순수의식이 보낸 메시지를 정확하게 포착했기 때문이다. 과거부터 미래까지, 원자 하나부터 우주 전체까지, 모든 걸 꿰뚫고 있는 순수의식은 매 순간 인간을 최선의 선택으로 이끈다. 따라서 내면의 소리에 귀 기울이면 앞으로 어떻게 살아야 할지 또렷이 알게 된다. 하지만 대부분의 경우 순수의식에서 나온 내면의 소리와 방해꾼 에고의 소리가 뒤섞여 들린다. 이 둘을 분간할 수 있어야 비로소 무한한 사랑의 안내를 받는다.

의식을 구성하는 표면의식과 무의식은 완전히 분리된 차원이 아니라 해수면과 바닷속의 관계처럼 연속적으로 이어져 있다. 표면의식에서 무의식으로 갈수록 점점 더 깊어질 뿐이다. 이해를 돕기 위해 한 가지 비유를 들어보도록 하겠다. 만약 맨 위쪽부터 심해까지 수심 10m 간격으로 다이버들이 잠수해 있고 각자 서로 다른 문장을 말한다고 하자. 바다 위 요트에 탄 나에겐 어떤 문장이 가장 잘 들릴까? 두말할 나위 없이 해수면과 가장 가까운 다이버 말이 가장 잘 들릴 것이다. 마음의 소리도 마찬가지다. 표면의식에서 무의식으로 갈수록 마음의 소리는 점점 더 작게 들린다. 무의식 가장 깊은 곳에 위치한 순수의식의 소리는 거의 음소거된 상태나 마찬가지다. 그런데 여기서 중요한 사실은 볼륨이 작은 소리일수록 현실을 이상적으로 변화시킬 힘이 크다는 점이다. 지금껏 간과하고 지냈던 마음의 소리를 알아차려야 문제의 실마리가 풀린다. 평소에도 손쉽게 자각되는 마음의 소리는 대개 그 볼륨이 엄청 키워져 있다. 구태여 내면을 고요히 하지 않아도 충분히 들릴만한 크기다. 그와 같은 마음의 소리는 체감 가능한 현실적 변화를 일으키지 못한다. 머릿속에서 시끄럽게 조잘대는 생각들이 삶에 큰 보탬이 된 적은 거의 없지 않은가. 하지만 작게 속삭이는 내면의 소리를 듣고 싶어도 시끌벅적한 에고의 소리가 혼란을 야기한다. 온갖 잡음들에 가려진 내면의 소리를 어떻게 하면 들을 수 있을까?

아무리 작은 소리도 무음보다는 작지 않다. 내면이 완전한 고요를 찾을 때 순수의식에서 흘러나오는 소리가 들리기 시작한다. 예를 들어, 볼륨이 각기 다른 백 대의 라디오가 켜져있다고 하자. 그중 가장 작은 볼륨의 라디오 소리를 들으려면 나머지 아흔아홉 대의 라디오 전원을 꺼야 한다. 이와 동일한 원리로 에고의 소리를 모두 잠재워야 내면의 소리가 들린다. 에고의 소리는 크게 세 가지 요소로 구성된다. 마음의 귀에만 들리는 무형의 소리, 육감으로 감지되는 일련의 느낌, 출렁이는 에너지가 바로 그것이다. 에고의 소리를 잠재운다는 것은 무형의 소리로써 그 에고의 존재를 알아차리고 일련의 느낌을 가감 없이 느껴준 다음 출렁이는 에너지를 잠잠하게 가라앉히는 과정을 일컫는다.

가령 "너의 노후는 외롭고 비참할 거야!"라는 말이 온종일 머릿속을 시끄럽게 만든다고 하자. 누가 당신의 귀에 대고 고함을 지른 것도 아닌데 듣기 싫은 소음처럼 다가온다면 에고의 소리에 해당된다. 그 부정적인 말소리가 에고의 존재를 알려주는 신호음인 셈이다. 이때 거북스러운 말소리에 평정심을 잃지 말고 현재 느껴지는 느낌을 있는 그대로 받아들여라. 원치 않는 노후를 맞게 될까 봐 두려운 감정, 미세하게 떨리는 심장의 울렁임 등등 진솔한 몸의 반응을 자유스럽게 놓아두어라. 에고의 탁한 에너지에서 불안정한 파동을 제거하는 단계다. 시간이 지날수록 마음 상태를 늘 불안정하게 만들던 에너지의 출렁거림이 서서히 잦아든다. 이로써 에고의 소리를 잠재우는 모든 과정이 완료된다. 드디어 라디오 한 개의 전원을 끈 것이다. 같은 방식으로 볼륨이 큰 라디오부터 하나씩 전원을 꺼나가다 보면 마침내 완전한 고요가 찾아온다. 단 하나의 선명한 소리만이 남아 당신의 귓전을 부드럽게 맴돌며 최고의 삶으로 인도한다.

현자와 함께 걷는 인생길은 더 이상 실수로 얼룩지지 않는다. 무한한 사랑으로 투명하게 물든 인생길에 본연의 색채가 빛을 발하고, 성큼성큼 내딛는 발걸음마다 완벽한 성과를 거두게 된다. 들리지 않던 내면의 소리가 들릴 때 보이지 않던 현실이 눈앞에 나타난다.

◆◆◆ 5 ◆◆◆

마인드 룰 V

마음은 머리보다
똑똑하다

신은 언제나 가장 단순한 방법을 선택한다.

-아인슈타인-

　마음보다 머리를 신뢰하며 살아온 내 삶의 결과물들은
참담한 수준이었다. 철저한 논리에 근거하여 도출해 낸
결론대로 즉각 실행에 옮겼으나 인생은 늘 예상과 다르
게 흘러갔다. 이성적인 사고체계보다 제비뽑기로 의사결
정을 내리는 것이 오히려 더 좋은 성과를 불러올 듯했다.
머리는 생각보다 모르는 게 많았고, 마음은 생각보다 아
는 게 많았다. 머리의 최대치는 지능지수이고, 마음의 최
대치는 순수의식의 무한한 지성이기 때문이었다. 세 자리

숫자를 넘기 힘든 지능지수로 해결 가능한 일은 극히 제한적이나 무한한 지성에겐 한계란 없다. 머리와 마음 중 어떤 한 존재를 선택해야 한다면 답은 자명해 보인다.

그럼에도 주입식 학교 교육, 전반적인 사회 분위기 등의 영향으로 여전히 머리의 능력을 맹신하는 사람들이 적지 않다. 두뇌의 신경세포가 잠시도 쉴 새 없이 생각하고 또 생각한다. 생각이 멈추는 순간 숨이 멎는 것도 아니건만 필사적으로 머리를 계속 굴린다. 자연히 거의 모든 에너지가 머리에 집중된다. 마음의 통로를 여는 데 사용돼야 할 에너지까지 끌어 쓰다 보니 순수의식의 무한한 지성이 원활하게 흘러들어 오지 못한다. 에너지의 전체적인 흐름에 문제가 생기고 온몸의 균형이 깨져버린다. 머리를 굴리느라 억지로 잡아두었던 에너지는 서서히 탁해진다. 큼지막한 보따리를 머리에 잔뜩 얹어놓은 것처럼 항상 무거운 느낌이고 두통이 떠나질 않는다. 더욱이 순수의식과 연결이 끊긴 상태라 오직 여태껏 보고 배운 지식에만 의존하여 의사결정을 내려야 한다. 두뇌 용량 범위 내의 한정적 정보로 광대무변한 미래를 대비하긴 어렵다. 과거에 통용됐던 성공 방정식은 더 이상 미래의 성공 방정식이 아니기 때문이다. 예전의 사례를 보고 확신에 가득 차 내린 선택은 평범한 삶보다 약간 혹은 훨씬 더 못한 삶으로 끌고 간다. 머리만 믿고 살다가는 정말 큰코다친다.

원하는 삶을 살아가는 데 있어 필요한 생각의 양은 그리 많지 않다. 가끔씩 찾아오는 선택의 갈림길에서 냉철한 시각으로 올바른 판단을 내리기만 하면 된다. 양질의 생각 몇 번이면 인생은 충분히 순조롭게 흘러간다. 하지만 대부분의 현대인들은 한시도 두뇌 회전을 멈추지 못한다. 바쁜 생활만큼이나 바쁘게 생각한다. 끊임없이 생각하며 끊임없이 노력하는 듯한 기분에 취한다. 머릿속만 분주할 뿐인데 왠지 모르게 치열하게 사는 것 같다. 그저께 했던 생각을 어제 또 하고, 어제 했던 생각을 오늘 또 한다. 엇비슷하고도 자질구레한 생각의 늪에서 빠져나오기 힘든 이유는 무엇일까? 생각이 바로 감정의 도피처이기 때문이다. 경쟁사회를 살아가는 현대인의 마음은 상처투성이다. 매일매일 패배감과 열등감에 젖을 일들이 한두 가지가 아니다. 그러나 생존의 위태로움과 알량한 자존심이 합쳐지면서 상처받지 않은 척하는 데 도가 텄다. 만만한 대상으로 낙인 찍힐까 봐 상처의 존재를 꼭꼭 숨겨둔다. 그럴수록 상처의 생김새가 괴상망측해진다. 나중에는 도무지 쳐다볼 용기가 안 날 정도가 된다. 너무 흉측해서

곁눈질로만 봐도 구역질이 나올듯하다.

더구나 그 상처와 정면으로 마주하는 순간 애써 외면해 왔던 온갖 감정들이 건드려져 매우 괴로워진다. 이런 연유로 상처가 조금이라도 자극됐을 때 '생각'이라는 방패막이를 꺼내 든다. 머릿속을 시끄럽게 만들면 모든 신경이 그쪽에 쏠리므로 내가 보고 싶지 않은 상처와 내가 느끼기 싫은 감정을 회피할 수 있기 때문이다. 인위적으로 현실적 혹은 철학적 고민에 빠져든 다음 그 속에서 오랜 시간 허우적댄다. 생각의 내용은 비교적 유용해 보이나 생각의 목적이 오로지 감정 회피인 탓에 길게 고민해 놓고도 일부러 명확한 답을 내지 않는다. 늘 심각한 표정으로 늘 제자리를 맴돈다. 무한한 지성이 비집고 들어갈 틈은 점점 더 좁아지고, 현명하게 구는 척하다가 갑작스레 어리석은 의사결정을 내린다.

필사적으로 밀어내려는 감정은 마음의 통로를 봉쇄한다. 그 감정을 있는 그대로 느껴주지 않으면 못 미더운 내 머리에 모든 걸 맡기는 수밖에 없다. 무한한 지성의 도움은 완전한 삶의 필요충분조건이다. 마음의 통로가 활짝 열릴 때 인생도 함께 활짝 꽃피우는 법이다. 내면에 숨겨둔 감정과 직면하기 위해서는 먼저 정신없이 돌아가는 두뇌 회전부터 멈춰야 한다. 지나치게 많은 생각들이 떠오르는 순간, 그 생각들의 꾐에 넘어가지 마라. 인생의 명쾌한 해답을 알려줄 것처럼 다가오겠지만 마음의 통로가 막힌 이상 생각을 매개로 지혜로운 결론에 다다르진 못한다. 머릿속이 복잡해지기 시작했다는 건 내가 피하고 싶은 감정이 불쑥 올라왔다는 신호다.

예를 들어, 경제적인 어려움에 빠져 비참한 신세가 될까 봐 두렵다고 하자. 보통은 곧장 '어떻게 하면 돈을 벌 수 있을까? 이렇게 하면 될까? 저렇게 하면 될까?'라며 골몰하거나 음악 감상, 동영상 시청, 휴대폰 게임 등으로 신경을 분산시킨다. 전자는 실질적인 대처, 후자는 현실 도피가 아니다. 두 가지 경우 모두 에너지가 머리에 집중적으로 쏠리게 함으로써 두려운 마음을 잊어보려는 시도일 뿐이다. 결국 두려움이 무한한 지성의 흐름을 가로막아 삶이 갖가지 장벽에 부딪히며 힘겹게 전개된다. 따라서 생각이 아닌 감정에 집중해야 한다.

복잡한 생각의 뿌리는 두려움이므로 두려움을 느껴줄 때 오만 가지 생각이 비로소 가라앉는다. 두뇌가 인위적인 회전을 멈추면 머리에 고여있던 에너지가 골고루 순환하면서 마음의 통로가 조금씩 열린다. 마침내 순수의식의 무한한 지성이 삶 속으로 흘러들어 온다. 인간의 평범한 지능 수준 하에선 도출할 수 없었던 해결책들이 연거푸 쏟아진다. 내 머리로 하는 생각을 내려놓았다는 건 무한한 지성의 힘을 절대적으로 신뢰하게 됐다는 의미다. 모름지기 누군가 자신의 능력을 굳건히 믿어주면 기필코 보답하기 마련이다. 순수의식도 예외가 아니다. 머리의 한계를 받아들이고 마음의 지혜와 하나 될 때 무한한 지성은 그 능력을 한없이 펼쳐 보인다. 마음은 머리보다 똑똑하다. 머리로 해내지 못한 일은 마음이 반드시 해내고야 만다.

✦✦✦ 6 ✦✦✦

마인드 룰 Ⅵ

의식이 자유로워야
극적인 변화가 일어난다

> 당신에게 다가올 기적의 형태나 크기를 한계 짓지 마라.
> 때때로 가장 작은 열쇠가 가장 거대한 자물쇠를 여는 법이니.
>
> -닐 도날드 월쉬-

 인간 개체로서 육신을 갖고 이 세상에 태어날 때 내 의
식은 거대한 마음 에너지 속에 갇혀있는 상태다. 집안 내
력, 집단 무의식, 사회적 관습 등이 복합적으로 영향을 미
쳐 형성된 마음 에너지는 의식의 감옥과 같다. 물을 네모
난 컵에 담으면 네모난 모양이 되고 둥그런 컵에 담으면
둥그런 모양이 되듯 의식의 형상은 타고난 마음 에너지
의 형상을 벗어날 수 없다. 예컨대 열등한 마음 에너지 속
에 파묻힌 의식은 필연적으로 열등해진다. 의식이 지배하

는 생각과 행동 역시 열등하게 발현된다. 자연히 열등한 존재로 전락하고 인생은 뜻대로 흘러가지 않는다. 그런데 문제가 하나 있다. 처음부터 바닷속에서 태어난 물고기는 바다의 존재를 자각하기 어려운 것처럼 내 의식이 현재 어떤 마음 에너지에 갇혀있다는 사실조차 인지하지 못한 채 어영부영 살아간다는 점이다. 남들이 볼 땐 물에 빠진 상황인데 헤엄쳐 나올 생각을 아예 하지 않는 경우와 마찬가지다. 흐물흐물한 미역 줄기가 바닷물에 휩쓸리면 어떻게 될까? 정처 없이 떠다니다가 결국 갈래갈래 찢겨 사방으로 흩어질 것이다. 마음 에너지에 갇힌 의식의 운명도 별반 다르지 않다. 마음 에너지가 끌고 가는 대로 이리저리 휘둘리다가 산산조각 날 게 분명하다. 의식이 망가지는 순간, 인생은 바람 부는 날 낙엽 신세가 된다. 원치 않는 곳으로 휩쓸려 가기를 숱하게 반복하며 삶이 어수선해진다. 마음 에너지의 지배에서 벗어나기 위해서는 의식이 독자적으로 활동할 수 있어야 한다. 즉 마음 에너지와 의식을 분리시켜야 한다. 지금부터 그 분리 방법을 살펴보자.

먼저 혼자만의 공간에 조용히 앉아 온몸의 긴장을 푼다. 그다음 양 손바닥을 포갠 뒤 가장 편안하게 느껴지는 위치에 가져다 놓는다. 얼굴 앞쪽 허공도 괜찮고 다리 위에 살짝 올려두어도 무방하다. 여기서 양 손바닥은 마음 에너지에서 빠져나온 내 의식이 놓여질 공간이다. 가령 갑작스레 불안감이 엄습하면서 마음 에너지가 세차게 요동친다고 하자. 만일 이때 의식까지 함께 흔들리면 인생에 대한 통제력을 잃게 된다. 출렁이는 마음 에너지를 느껴주되 내 의식은 양 손바닥 위에 얹어져 있다고 상상해라. 그래야 마음 에너지와 의식이 동일한 주파수로 공명하지 않는다. 두뇌 속에 위치했던 의식을 손바닥 쪽으로 옮겨왔다고 가정하면 좀 더 와닿을 것이다. 이 과정은 바람에 휩쓸렸던 낙엽을 고요한 방 안으로 들여와 움직임 없는 그릇에 넣어두는 작업과 같다. 이로써 마음 에너지와 의식이 분리되었다. 마음 에너지로부터 자유로워진 의식은 무한한 사랑의 뒷받침 아래 인생을 원하는 방향으로 이끌고 간다. 단, 이전 상태로 회귀하지 않도록 의식의 힘을 충분히 키우고 내면 정화 능력을 갖춰 마음 에너지가 몸 바깥으로 빠져나가게끔 해야 한다.

초반에는 마음 에너지와 의식이 완벽하게 나눠지지 않고 그 둘 사이가 팽팽한 고무줄로 연결돼 있는 듯하다. 잠깐이라도 집중력을 잃으면 의식이 단숨에 마음 에너지 속으로 다시 빨려 들어간다. 뿐만 아니라 마음 에너지에서 의식을 따로 떼어낼 때 극도의 두려움이 몰려오므로 애초부터 시도조차 하지 않는 경우가 다반사다. 그러나 일시적인 두려움을 넘어서야 영원한 자유를 얻을 수 있는 법이다. 두려움은 허상에 불과하다. 자유를 꿈꾼다면 응당 거쳐야 할 하나의 통과 의례일 뿐이다. 뼈에 한기가 서릴 정도로 두렵더라도 의식의 독존을 위하여 마음 에너지를 꾸준히 정화해야 한다. 흔들림 없는 의식이 홀로 존재하면 마음 에너지는 더 이상 내 인생을 조종하지 못한다. 부둣가에 매어둔 밧줄이 풀린 나룻배는 바다의 흐름을 따르듯이 붙잡고 있던 의식을 놓친 마음 에너지는 순리에 따라 몸 밖으로 빠져나간다.

마음 에너지가 육신을 벗어나는 과정에서 여러 가지 반응을 일으킨다. 심장이나 안구 주변이 화끈거리기도 하고, 전혀 슬프지 않은데 눈물이 마구 쏟아지기도 한다. 두피가 땡땡하게 부풀어 오르는 느낌도 들고, 손끝과 발끝이 얼음처럼 차가워지기도 한다. 사람마다 경험하게 되는 반응은 천차만별이다. 어떤 반응이 나타나든 내 손바닥 위에 나의 의식이 안정적으로 머문다는 가정을 유지한 가운데 마음 에너지가 발산되는 걸 지켜봐라. 시간이 지날수록 반응의 강도가 약해지면서 마음 에너지가 무한한 공간 속으로 스르르 풀려나가는 게 또렷이 느껴지기 시작한다. 그 결과 의식과 마음 에너지 모두 자유를 얻게 된다.

일상생활 중 끊임없이 올라오는 생각이나 감정의 방해로 사는 게 힘들어진 이유는 마음 에너지가 의식을 집어삼켰기 때문이다. 의식이 마음 에너지에 갇혀 옴짝달싹 못 하면 내 인생을 엉망으로 만드는 생각과 감정에 빠져 살 수밖에 없다. 주변 사람들과 정말 잘 지내고 싶은데 불쑥 엉뚱한 말을 내뱉고, 코앞까지 굴러들어 온 복을 스스로 걷어찬다. 훗날 '도대체 내가 왜 그랬을까!'라며 개탄할 상황만 자꾸 벌어진다. 이것은 세상이 나를 휘두른 결과가 아니다. 내 안의 마음 에너지가 내 의식을 휘두른 결과다. 따라서 의식의 독립을 열렬히 추구해야 한다. 자유로워진 의식이 선사하는 영원한 자유를 누리고 싶다면.

··· 7 ···

마인드 룰 Ⅶ

순수한 꿈은
반드시 이루어진다

우리는 탐험을 멈추지 않으리라.
모든 탐험 끝에 우리가 출발했던 곳 도달해
처음으로 그곳을 알게 되리라.

-T.S. 엘리엇-

그 누구보다 간절하게 소원했으나 끝내 이루어지지 않은 꿈들이 내 인생길 위에 무참히 널브러져 있는 광경을 목격한 후 나는 크게 좌절했다. 간절한 마음으로 꿈꾸고 노력하면 원하는 삶을 살 수 있다던 사람들은 더 이상 내게 아무런 조언도 해주지 않았다. 동기부여에 열을 올리던 때와 전혀 다른 모습이었다. 나의 불행과 실패는 어쩌다 한 번씩 나오는 예외적 케이스로 치부될 뿐이었다. 어느새 꿈에 부푼 청년들의 기대를 깨트리지 말고 조용히 자리를 비켜줘야 할 존재로 전락했다. 실패보다는 성공이 예외에 가까웠으나 모두가 그 사실을 외면하고 싶어 했다. 간절한 꿈은 이루어질 가능성이 극히 낮다고 말하는 순간 얼마나 빠른 속도로 분위기가 냉각될지 불 보듯 뻔했다. 차마 입을 뗄 수 없었다. 그들의 현재가 나의 과거였기에 절박하게 매달린 결과가 어떠할 거라고 귀띔해 주기 미안했다. 간절한 꿈 하나만 바라보며 힘겨운 하루하루를 가까스로 버텨내고 있다는 걸 너무나도 잘 알기 때문이었다. 하지만 이제는 진실을 밝히려 한다. 만물의 영장으로서 간절한 꿈이 아닌 모든 꿈을 이뤘으면 하니까.

순수의식이 사랑으로 창조한 꿈은 간절함을 자아내지 않는다. 꿈을 이룬 상태에서 도전하는 사람의 내면은 오직 평온할 뿐이다. 어떻게 그와 같은 일이 가능한 것일까? 시공간을 초월해 있는 공(空)의 자리에서는 과거, 현재, 미래가 동시에 펼쳐진다. 꿈의 생성과 꿈의 실현, 두 상태가 함께 존재한다. 꿈이 이루어지면서 나타나고, 나타나면서 이루어진다. 무의식 정화를 통해 인간의 의식이 공의 자리와 맞닿으면 창조의 근원인 마음 세상에서 이미 달성된 꿈을 물질 세상으로 드러내는 데 집중하게 된다. 그 결과 꿈의 실현 가능성을 따지느라 전전긍긍했던 예전과 달리 심정적인 여유가 생긴다. 천상의 실력으로 완성된 조각품이 땅 아래 묻혀있다는 걸 확인한 후 주변 흙을 살살 걷어내는 상황과 어설픈 실력으로 대리석을 처음부터 조각해야 하는 상황은 천지 차이다. 이와 마찬가지로 마음 세상에 완벽하게 실존하는 꿈을 심안으로 보고 느끼면서 물질화시켜 나가는 것과 오로지 물질 세상만 바라보며 실패의 불안감 속에서 발버둥 치는 것은 전혀 다른 차원의 이야기다. 전자의 경우 순수의식의 전폭적인 지원 아래 확신을 갖고 전진할 수 있으므로 주저하거나 걱정하는 데 시간과 에너지를 낭비할 필요가 없다. 일정 기간 현실 창조력이 차곡차곡 축적된 결과, 무형의 꿈은 오감을 통해 감지 가능한 물질적 형태로 바뀐다. 즉 눈에 보이지 않던 꿈이 가시화된다. 그에 반해 후자는 간절한 마음이 내면의 힘을 전부 끌어다 써버려 꿈의 실현에 사용될 현실 창조력이 턱없이 부족해진다.

간절한 꿈이 이루어지기 어려운 이유에 대해 좀 더 구체적으로 살펴보자. 간절함은 뜨거운 열정의 발로가 아니다. 어떤 감정을 굉장히 증오한다는 징표일 뿐이다. 예를 들어, 취직 시험을 준비 중인 수험생이 있다고 하자. 최대한 빠른 시일 내에 합격하길 바라는 건 당연지사다. 그러나 개중에 몇몇은 지나칠 정도로 절실하게 원한다. 적당히 소망해야 이루어질 목표이거늘 도를 지나치는 바람에 오히려 일을 그르치고 만다. 그들은 왜 가볍게 꿈꾸지 못하는 것일까? 불합격했을 때 몰려올 심정적 괴로움을 받아들일 역량이 부족하기 때문이다. 물론 불합격이 좋은 소식은 아니지만 누구에게나 동일한 충격을 가하진 않는다. 어떤 사람은 잠깐 실망한 뒤 곧장 새로운 기회를 찾아나서는 반면 또 다른 사람은 하늘이 무너지기라도 한 듯 삶을 포기하고 싶다는 극단적인 생각까지 치닫는다. 불합격에 민감하게 반응한다는 건 열등감, 수치심, 두려움 등을 죽기보다 싫어하며 그 감정들이 내포된 마음 에너지를 전혀 다루지 못한다는 뜻이다. 그럴수록 합격에 대한 병적인 집착이 생긴다. 집착은 사랑이 아니다. 분별심으로 가득한 에고가 질색하는 감정을 회피하려고 만든 가림막에 불과하다.

간절함이 큰 사람은 특정 목표를 사랑하는 게 아니라 특정 감정을 혐오한다. 가령 합격을 좋아하는 게 아니라 불합격 시 경험하게 될 열등감을 싫어한다. 열등감이 너무 싫어서 기필코 합격하길 과도하게 바란다. 어디에도 사랑은 찾아볼 수 없다. 염원하는 꿈이 이루어지려면 우주 전체가 협력해야 한다. 천지만물을 하나로 연결하는 사랑만이 그 협력을 이끌어 낸다. 하지만 집착으로 칭칭 옭아맨 꿈은 사랑과 단절된 탓에 다른 존재의 도움을 받기 어려워진다. 더욱이 야멸차게 거부당한 열등감은 매사에 비협조적인 자세를 취한다. 수험 생활 내내 의기소침하게 만들며 수시로 집중력을 흐트러뜨린다. 자칫 열등한 위치로 떨어질지도 모른다는 불안감은 본질적인 노력과 멀어지게 한다. 간절한 마음에 속아 열심히 산다고 착각하기 쉽지만 실질적으로 해야 할 일은 미뤄두고 하루 종일 절실함만 느낀다. 정신이 혼미해질 만큼 간절해서 아무것도 하지 못한다. 열등감을 상대로 완전히 패배한 것이다. 순수의식도 도와주지 않고 개인적인 노력도 미흡한데 좋은 결과가 나올 리 만무하다. 이렇듯 특정 감정을 회피하려는 의도하에 간절하게 꿈꾸면 그 감정의 역풍을 맞아 꿈이 좌초되기 십상이다. 게다가 간절한 꿈은 대개 심약한 에고가 만들어 낸 목표여서 그것이 이루어진들 진실로 기쁘지 않다. 내 꿈이 아닌 에고의 꿈이 실현됐으므로 뼛속 깊은 허무감에 시달리게 된다. 예외적 케이스라고 믿고 싶은 불행과 실패는 이토록 일반적이다. 행복과 성공으로 마무리되는 순수한 꿈을 품기 전까진 말이다.

공의 자리에서 창조된 순수한 꿈은 생성과 실현이 동시에 일어나므로 달성 가능성을 미리 점칠 필요가 없다. 꿈은 이미 완전하게 이루어진 상태라 그 꿈이 물질 세상에 나타날 때까지 인내심을 갖고 기다리면 된다. 그러나 두 가지 장애물을 뛰어넘어야만 인생의 기적을 맛볼 수 있다. 첫 번째 장애물은 순수한 꿈의 발현을 가로막는 에고의 훼방이다. 전지전능한 순수의식이 사랑으로 빚어낸 꿈은 대부분 정형화된 삶과 거리가 멀다. 남들과 다르게 살아야 한다는 생각만 해도 등골이 오싹해진다. 에고는 본연의 빛깔이 드러나는 인생을 가장 싫어한다. 순수한 꿈에 도전하며 본연의 빛깔을 키워나갈수록 에고의 영향력이 약화되기 때문이다. 영향력을 잃은 에고는 서서히 죽어간다. 에고가 끝끝내 살아남는 방법은 순수한 꿈을 모함하는 것이다. '사회적으로 인증된 성공 사다리를 타고 올라가는 게 최고야. 괜히 위험을 감수했다가 실패하면 어쩌려고 그래? 남들의 인정과 사랑을 포기할 셈이야? 그 달콤한 느낌을 떠올려 봐. 돈과 명예만 얻으면 무엇이든 가질 수 있어. 순수한 꿈은 비현실적인 몽상가나 꾸는 거라고!' 에고는 집요하게 속삭이며 온갖 두려움과 번뇌를 일으킨다. 대다수의 사람들은 순수한 꿈이 실제로 잘못된 것이라 감정적으로 괴로워졌다고 믿지만 그것은 에고의 전략에 휘말린 결과다. 숯으로 까맣게 칠해놓은 다이아몬드를 보여주면서 '이렇게 더러운 돌맹이는 버리는 게 나아.'라며 꼬드기는 것과 다르지 않다. 순수의식이 인도하는 길은 더없이 안전하며 희망차다. 인간의 잠재력을 십분 끌어내느라 어느 정도의 담금질은 불가피하나 그 모든 과정이 따스한 온실 속에서 행해진다. 하지만 에고가 심어둔 편견으로 인해 순수한 꿈은 위험천만하고 고생스럽다는 누명을 써왔다. 마치 검은 숯가루를 덮어쓴 다이아몬드처럼 제대로 된 가치 평가를 받지 못했다. 이제는 에고의 말만 듣고 막연히 가졌던 오해를 풀고 순수한 꿈에 가까이 다가서야 한다.

두 번째 장애물은 순수한 꿈을 가리고 있는 마음 에너지다. 흔히 어떻게 살아야 할지 모르겠다는 고민에 빠지곤 한다. 이 고민은 사실 어떻게 살아야 할지 잘 알고 있으나 그렇게 살 용기가 나지 않는다는 푸념이다. 정말 모르겠다는 느낌이 든다면 탁한 마음 에너지가 오랜 기간 두텁게 쌓여 순수한 꿈을 감춰버린 탓이다. 순수한 꿈은 대개 명확히 알아차리기 어렵다. 정화되길 거부하는 감정들이 인간의 심안에 띄지 않도록 순수한 꿈을 철저히 에

위쌌기 때문이다. 이를테면 불안정적인 수입에 대한 두려움은 세계적인 사업가의 꿈을 가리고, 상대적으로 비교당할 때의 굴욕감은 남들보다 뒤늦은 도전의 꿈을 가린다. 조금이라도 순수한 꿈이 꿈틀거리면 두려움과 굴욕감도 함께 출렁인다. 덜컥 겁먹은 사람들은 괴로운 감정들을 자극하지 않기 위해 순수한 꿈을 되도록 덮어두려 한다. 그 대신, 생성은 에고가 하고 실현은 본인이 해야 하는 가짜 꿈을 향해 달려간다. 예상보다 위험천만하고 고생스러운 길을 선택하는 것이다. 더 큰 문제는 내면에 여전히 잔존하는 두려움과 굴욕감이다. 순수한 꿈을 포기한다고 사라지는 게 아니므로 시도 때도 없이 나타나 인생의 폭을 점점 좁혀간다. 괴로운 감정들을 피해 다니다가 소시민보다 더 작은 사람이 됐을 때라야 '하고 싶은 일에 과감히 도전해 볼걸!'이라며 후회하겠지만 때는 이미 늦었다. 따라서 순수한 꿈이 미약하게나마 박동할 때 다이아몬드 주변의 숯가루를 털어내야 한다. 즉 탁한 마음 에너지를 정화해야 한다. 일상생활 중에 올라오는 크고 작은 감정들을 있는 그대로 받아들이고 느껴주다 보면 순수한 꿈의 형상이 어렴풋이 드러난다. 삶 전체를 걸어도 아깝지 않을 목표가 나에게 성큼성큼 다가온다. 이때 마지막 피날

레마냥 극도의 두려움과 굴욕감이 한 번 더 휘몰아친다. 눈 딱 감고 이 관문을 넘기면 마침내 순수한 꿈이 발산하는 사랑 에너지가 온몸을 가득 채운다. 순수한 꿈이 곧 나이고 내가 곧 순수한 꿈이 되는 것이다.

마음 세상에서 나는 꿈을 꾸는 자가 아닌 그 꿈 자체다. 내가 하는 모든 말과 행동이 꿈의 실재화를 위한 질료로 변환되며 머지않아 물질적인 형태를 갖추어 현실 세계에 나타난다. 꿈은 이미 이루어졌음을 확실히 알았던 나는 옅게 미소 짓겠지만 사람들은 그것을 두고 '기적'이라 부른다.

운명을 지배하는 단 하나의 법칙,

마인드 룰은 이제 당신의 것입니다.

-마인디-

마인드 룰

초판 1쇄 발행 2023. 1. 30.

지은이 마인디
펴낸이 김병호
펴낸곳 주식회사 가넷북스

편집진행 원석희
디자인 김민지

등록 2019년 4월 3일 제2019-000040호
주소 서울시 성동구 연무장5길 9-16, 301호 (성수동2가, 블루스톤타워)
대표전화 070-7857-9719 | **경영지원** 02-3409-9719 | **팩스** 070-7610-9820

•가넷북스는 여러분의 다양한 아이디어와 원고 투고를 설레는 마음으로 기다리고 있습니다.

이메일 garnetoffice@naver.com | **원고투고** garnetoffice@naver.com
공식 블로그 blog.naver.com/garnetbooks
공식 포스트 post.naver.com/garnetbooks | **인스타그램** @_garnetbooks

ⓒ 마인디, 2023
ISBN 979-1-92882-03-1 03810